一个人的世界在书架上

世 SHELF LIFE 界
在书架上

[英] 亚历克斯·约翰逊 —— 著

胡韵娇 —— 译

北京联合出版公司
Beijing United Publishing Co.,Ltd. · 后浪

献给菲利浦与菲丽丝、威尔玛、托马斯、爱德华与罗伯特。

目　录

前　言

这个时代的书卷气比以往任何时候都更浓。人们总是推崇以书为伴。你可以住在世界各地的图书馆式旅店，慵懒地坐在扶手椅上，屋里的墙上有嵌入式书架；还可以在苏格兰经营一周民宿式书店。这不仅仅是绕着书本打转，而是一种唾手可得的书盈四壁、书香四溢的生活哲学。用印有书橱的墙纸装饰起居室，在写有"罗密欧和朱丽叶"字样的砧板上切胡萝卜，在身上撒点"达西先生"[1]香氛，贴上一张颇为文艺的文身贴纸（写着"我认为读书是世上最快乐的事！"[2]），

1　达西先生，英国作家简·奥斯汀代表作《傲慢与偏见》中的男主角。
2　出自简·奥斯汀《傲慢与偏见》中的宾利小姐，其人性格诡诈，不爱读书，此言为吸引达西先生的注意。

或是买一块和比尔博[1]家大门一样的浴帘。

虽然随着科技的高速发展，现在我们能够把一座图书馆轻而易举地放在手袋里，但藏书癖并不是什么新鲜事——你手中的这本书汇聚了400多年前世界文学巨匠对于书籍与阅读的思考。

对那些关于读书的书论，关于写作的作品，我们总是兴味盎然，许多读者对这些名篇也并不陌生：奥威尔谈卖书、伍尔夫谈如何读书、艾柯谈书的消亡。

这本满载沉思的文集，轻轻牵起我们的手，引领我们窥探作品幕后的世界，它揭示了书本的某些构成部分，就像填补球迷胃口的日常转会传闻，或是影碟最后满足影迷的一段拍摄花絮。

所以在这本书里，你既可以读到颇有影响力的国家首相谈论藏书的妙招，也可以了解到杰出的美国总统推荐的户外读物。你既可以欣赏19世纪哲学家关于阅读带来的心理作用的认真思考，也可以轻松浏览世界最爱好文学的板球运动员之一谈论如何弃书。这些

1　比尔博·巴金斯，《指环王》和《霍比特人》中的人物。

文章和评注——尤其是其中一两个作者的——很大程度上已经被人们遗忘了，诚然世事不公，但他们的作品并未过时，甚至应当被视作书架上的传世瑰宝。

1881 书籍之敌

应该让孩子靠近我们的书架吗?

威廉·布莱兹

William Blades

—

论搞破坏,男孩可比女孩厉害。

　　书籍是很脆弱的。威廉·布莱兹是一位十九世纪的印刷商、作家和藏书家，他在 1880 年细致地列出一份长长的清单，苦心警告人们危及书本安全的一些因素——火、水、煤气、高温（包括烧书烤馅饼）、灰尘、疏忽、愚昧、蛀虫、其他害虫以及装订工、收藏家和仆人。本部分选自他的这一清单，主要讲述了孩子对书的威胁，因为他认为孩子很可能是撕书者和毁书者。他写道："任何一本藏书都是一份神圣的信物，可是再尽职尽责的藏家或监护人不久后也会忘记，就像父母有时会将孩子抛在脑后。"至于啃噬书本的蛀虫就更让人烦心了，据布莱兹回忆，北安普敦的一个装订工无意中寄给他一只大蛀虫，他用威廉·卡克斯顿[1]出版的书中波伊提乌[2]的《哲学的慰藉》那一章，一点点地整整养了它三个月，直到它一命呜呼（"要么是因为过多的新鲜空气，要么是因为无所顾忌的放纵，又或是因为不适应新的饲

1　英国第一位印刷商，一生出版了约 100 本书，其中有 24 本是他自己的译作，大众认为他对英国文学的贡献和影响力仅次于莎士比亚。

2　东罗马帝国哲学家，在哲学、神学、逻辑学、数学、文学和音乐等多方面著述丰富。

料"）。事实上，布莱兹除了对书籍的破坏者颇感兴趣外，还在他的书《英格兰第一位印刷商——威廉·卡克斯顿和他的出版物》(*Life and Typography of William Caxton, England's First Printer*，1861—1863) 中研究了卡克斯顿这位著名印刷商的作品。1890 年他去世后，他那座伟大的私人图书馆被圣布莱德基金会买下，扩建为伦敦文化中心图书馆。

再天真无邪的孩童，破坏起书本来也是毫不留情的。我要坦白地说，我曾用汉弗莱《书写的历史》（*History of Writing*）里色彩丰富的插图来逗我那病中的女儿。目的虽然达到了，却开了一个灾难性的先例。那本书（我很庆幸不算什么珍本），即便在我的悉心照料下，也已污渍斑斑、破烂不堪了，最后捐给了收容所。我后悔吗？当然不，虽说对藏书本身有愧，但谁能想象得到这本书给人带来了多少愉悦呢？病人看见斑斓的色彩，忘却了多少苦痛？

　　几年前，我有一个邻居，女儿总爱乱撕他的藏书，他为此深受折磨，却无能为力。女儿那时六岁，总会悄悄地溜到书架边，取下一两本书，从中间撕下十来页，把碎纸胡乱塞一塞，又放回原位，只有等到大人需要这些书的时候才会发现。训斥、劝告甚至是惩罚都收效甚微，唯有直截了当地"抽一顿"才见效显著。

论搞破坏，男孩可比女孩厉害，他们天生不把"资历"放在眼里，不论对人还是书。得知小男孩得到了人生的第一把小折刀，谁能不闻风丧胆？就像华兹华斯曾说的：

> 你时常可以寻见他的踪迹
>
> 他在书架和书籍上
>
> 上下翻飞留下的疤痕……
>
> 一本珍藏的书或是倒霉的羊皮纸
>
> 他那把小折刀毫不留情地划过
>
> 要么切断一条封带
>
> 要么割掉一段镶边
>
> ——《远游》第三章

如果他们满嘴都是糖果，那就更开心了，黏糊糊的小手来回拉扯底层架子上的书，毫不在意这会给别人造成什么损失和痛苦。那人会无可奈何地哭喊，渴求贺拉斯的灵明原谅那残破的书卷：

> 一见小孩那油腻的手触碰到圣洁的书籍，
> 不由得感到胃里一阵翻江倒海。
>
> 《讽刺诗集》第四章

然而这些男孩子的能耐还远不限于此，下面这个故事就来自一个惨痛的受害者。

夏日时分，他在镇上遇见了一位旅居国外多年的旧识，并在交谈中发现他对旧书依旧兴趣颇浓，于是便邀请其至家中做客，共享来自十五世纪的"书宴"，以及其他书香浓郁的"茶点"，这些可比随后的那桌晚餐精致多了。他家在伦敦郊区，这座老房子让人联想到古老的黑体字和羊皮纸。当天的天气，天哪，居然下着雨！而当他们到家时，里面传来了朗朗大笑。孩子们正在和几个小伙伴庆祝生日。因为下雨，他们出不了门，只好在家玩玩具，最后百无聊赖地走向了图书室。那时，巴拉克拉瓦战役刚结束不久，战场上艰苦斗争的英雄气魄鼓舞了不少人。而这些捣蛋鬼自己也军分两队——英国人和俄国人。"俄军"就在门里，躲在"堡垒"后面，"堡垒"足有四英尺高，是底架上的对开本和四开本堆成的。这些书的作者都是祖宗辈的，十五世纪的编年史、郡史、乔叟、利德盖特等等。几英尺之外是"英军"，他们的装备是一堆堆小书炮弹，打响了他们冲锋抗敌的前奏。想想那个场面！两位老绅士急匆匆走进门，一家之主被初版的《失乐园》无意中砸中肚子，他的朋友则险些与他从未谋面的《哈姆雷特》四开本撞个正着。结局是——勃然大怒，两军败退，战场上（书册）伤亡惨重。

书斋探趣

藏书的乐趣，人与书的关系

瓦尔特·本雅明
Walter Benjamin

—
膨胀的热情会引发混乱。

许多读书人同时也是藏书人和书评人，德国有一位文人叫瓦尔特·本雅明 (1892—1940)，就以此为题写了一篇精妙的文章：《书斋探趣：藏书二三事》(*Unpacking My Library: A Talk about Book Collecting*, 1931)。他所关注的正是人与书之间的关系，与旧书久别重逢的喜悦，以及书本、人、事物的巧妙勾连，其魔力有如普鲁斯特那块玛德琳蛋糕[1]。文中并未提及他究竟整理出了哪些藏书（在文章的末尾他仍有半箱未整理完的书），但分析了几种获取书本的途径——誊抄、借阅和购买，讲述了书本前主人身份的重要性、图书制作的工艺和书籍蕴含的情感。虽然很多人将书藏于书斋后便不再重读，但这些藏书在本雅明眼中实是一套"妙趣百科"，一套讲述藏书人生平遭遇的故事集。本雅明留下的大部分书是有关艺术和文学的，他早期的文章《译者的任务》(*The Task of the Translator*，1921) 表明了他对翻译的兴趣，并将其作为一种艺术表达形式（他曾译过

1　法国大文豪普鲁斯特因一次偶然的机会吃到了玛德琳蛋糕，这种味道瞬间引发了他的顿悟，使他开始回想自己的一生，《追忆似水年华》由此诞生。

波德莱尔和普鲁斯特的文章）。他于 1940 年躲避纳粹的
途中自杀身亡。

我在整理我的书房。是的，不是说笑。架子上空落落的，还没放书，乏了几分肃穆而无趣的陈列感。我还没机会为一个友善的读者来回踱步寻一本书。这样一来也可以少操点心了。我反倒想让人和我一同拾掇拾掇——书箱乱糟糟地敞着，空气中弥漫着木屑，地上散落着碎纸，尘封了两年的书本终于重见天日。或许你也能体会书带给藏书人的意趣——没有一丝幽怨，反倒带着几分期待。与人交谈时，仔细一想，你会发现对方讲的全是他自己。那么，如果想让人相信我是个毫无私心的老实人，列举一下这个书房里的主要藏书和获奖作品，介绍它们的悠久历史和对读者的教益，听上去就不那么唐突了，是吗？恰恰相反。其实我是一个直率坦荡的人，我真正关心的是让你深入理解藏书人和他的藏品之间的微妙关系，体会收藏的过程和意义，而非陈列和摆设。如果我只是滔滔不绝地讲这些书的来历，反倒显得自私专断了。藏书人总是端详着自己的书沉思，这样的过程像是一座堤坝，横拦着潮水般的记忆涌上心头。膨胀的热情会引发混乱，藏书的热情引发的则是记忆的混乱。更有甚者，机缘、命数、书籍裹挟着的混乱记忆，总是历历在目。这些藏品其实是嗜好狂热到一定程度后，混乱中的有序罢了。你也应该听说过失去藏书后一病不起的书痴，或者为了藏书不择手段而锒铛入狱的书贼。由此可见，他们所奉行的秩序感不过是用于平衡内心的不安和匮乏。"唯一可以确信的事，"阿纳托尔·法朗士[1]说道，"只有书的出版日期和版式而已。"所言极是，如果还有什么杂乱无序的东西可以和一间书室相比，那就是书目的编码吧。

---

1 阿纳托尔·法朗士（1844—1924）：法国作家、文学评论家、社会活动家，诺贝尔文学奖得主。少年时的法朗士常替父亲编写书目、图书简介等，其代表作品有《金色诗篇》《波纳尔之罪》。

　　因此，藏书人的一生都伴随着秩序和混乱的辩证平衡。自然而然地，其生活与其他事物也衍生出紧密的联系：神秘的所有权关系，我们稍后会展开这个话题；以及与事物之间脱离了功能、功利层次——即有用性——的联系，去研究和热爱生命中注定相逢的某个场景、某个舞台。最令藏书者深深着迷的，是把个人藏品置于魔法阵中，沉浸在结局的快感、占有的快感之中。记忆、思绪、意识里的所有事物，变成了藏品的展台、框架、基座和锁环。它们所属的历史时期、地域、做工与前收藏者……对一个真正的藏书人来说，一本书诞生的所有故事都集合成一部奇妙的百科全书，揭示了这本书由来的机缘。在这个魔法阵中，可以推测出那些了不起的面相学家——还有研究世间万物之相的书籍收藏家——如何成了占卜师。若想知道缘由，只要看看藏书人如何收拾他的玻璃柜便知。把书册捧在手上时，似有灵感焕发，他仿佛能透过它们追溯遥远的历史。藏书人身上散发的奇妙魅力也就仅此而已了——我可能会将这种魅力称作"暮年形象"。

书各有命[1]：这句话可以作为对书籍的概述。所以，但丁的《神曲》、斯宾诺莎的《伦理学》、达尔文的《物种起源》这样的书，都有自己的命运。然而藏书家对这句拉丁文有不同的理解。对藏书人来说，不仅仅是书籍，连书籍的每个副本都有各自的命运。在这层意义上说，被他收藏的副本总算有了最好的归宿。事实上，我曾对一个真正的藏书人讲，一本旧书一经转手，对它而言是重获新生。这便是旧书的年代感激发了藏书人孩子般的探索欲。因为孩童的生活总是五彩斑斓、花样翻新、层出不穷。对于孩童，收藏这件事只是一种翻新方式；还有别的翻新法子，填补涂色、剪裁图案、移画印花——所有孩童的习得模式，从触摸到取名。每当书痴们不得不学习新事物时，便会渴望重建旧世界——这种愿望源自心底深处，这也是为什么相较于珍藏的精装本，古籍收藏更能给人带来灵感。那么一本书何以在被纳入藏品之后，成为藏书家

1　原文为 Habentsua fata libelli（每本书都有自己的命运），拉丁语，出自古罗马诗人莫鲁斯，原指每本书的命运都取决于读者对它的认知。——原书注

的真正财产呢？我们来探讨一下藏书的由来。

在所有收藏书籍的方法中，自行誊抄自是最为可贵的。很多人会乐呵呵想起让·保尔[1]的小说《武茨》（*Wutz*），可怜的小教师武茨买不起那么多书，索性就从书籍目录中选出感兴趣的书名，自己动手写出这些书，就这样渐渐有了自己的藏书室。其实，作家并不是因为穷困潦倒才开始写书谋生，而是因为市面上喜欢的书寥寥无几。读到这里，你们或许觉得作家简直是个异想天开的职业。

反正书痴说什么都是异想天开。在藏书的惯用伎俩中，最适合藏书人的就是借书不还。我们设想一下这位气度非凡的借书人——之所以说他恋书成癖，与其说是因为他强势捍卫自己借来的珍宝，并且对还书规则和警告置若罔闻，不如说是因为他根本不读那些书。我的经验证明，借书人就算来不及读一些书，也应该按时归还。而那些书既然没被读过——读到这里人们会提出质疑——那这人还算什么藏书家呢？有人

---

1 让·保尔（1763—1825）：德国小说家，以幽默小说见长。

会说，简直闻所未闻。其实一点也不奇怪，反正内行的藏书家会支持我的。这个说法其实由来已久，只需引用阿纳托尔·法朗士的一句话就够了。当时有一个门外汉在参观他的藏书室，提出一个颇为典型的问题："法朗士先生，这些书您都读过吗？""读了十分之一不到，就像您也不会每天用塞夫勒[1]瓷器吧。"

顺便提一句，这样的态度是有理可循的，因为我曾有过这样一段经历。许多年间，我的藏书大约有现在规模的三分之一，也不过两三列书架，书列宽度每年只增加几寸而已。我那时极为严格，但凡没读过的书绝不允许纳入收藏。这样一来，我的藏书并不广泛，书量增长缓慢，"书斋"一词难副其实。突然，局面改变了——值得收藏的，至少是有价值的图书，变得寥寥无几。至少在瑞士，当时这种情况很普遍。趁着瑞士的出版商还接受订单，我在最后关头下了我第一个重要的订书单，成功地将《蓝骑士》（*Derblaue Reiter*）[2]

1　法国的一家皇家瓷厂，拥有大批顶级艺术家，其产品挑战了瓷器精致程度的极限。

2　20世纪初，抽象艺术家马尔克和康定斯基合编的美学论文集。

和巴霍芬[1]的《塔纳基的传奇》(*Sage von Tanaquil*)收入囊中。

不过，你可能会说，聊了这么多之后，是不是该进入主题了，即图书的主要收集渠道，也就是如何购置藏书。这确实是一个很重要的话题，但绝非易事。藏书者买的书，不像学生在书店里买的教材、男士为女士买的礼物，也不是生意人买来在火车上消磨时间的读物。大多数令我印象深刻的藏书都是在旅途中购得的，我只是个匆匆过客。财富和资产是靠谋略获取的。收藏家们大多思维敏锐，战术高明；他们的经验说明，他们每到一座陌生的城市，那不起眼的古董店就是一处要塞，偏远的文具店更是制胜的枢纽。我"四处征战"过不少城市，只为收复一本本珍贵书册。

并非所有珍贵的藏书都是在书店里购置的。图书订购目录的作用不容小觑。并且，即便购书人对自己从书单上订购的图书了如指掌，一部独立的副本总能

---

1 巴霍芬（1815—1887）：瑞士人类学家和法学家。恩格斯曾评价，其代表作《母权论》的发表标志着家庭史研究的开端。

带来意外的惊喜。订书其实有点像在赌博，结果可能会令人伤心失望，也有可能如获至宝。我记得有一次，为了补充儿童图书的收藏，我订了一本带有彩色插图的童话书，因为里面有阿尔伯特·路德维希·格林[1]的童话，并且是在图林根的格里马出版的，格林还在这个地方编写和出版了他的另一童话故事集。我收藏的这本故事集里共有十六幅插图，也是伟大的德国插画家莱塞唯一一部现存的早期作品。莱塞于19世纪中期居住在德国汉堡附近。我对这二人组合的判断是正确的。我又以同样的方式发现了莱塞的另一部作品，即《莉娜的童话书》。这是一本被书目清单漏编的作品，而这本书其实比上面提到的那本更值得细说。

此外，收藏书籍需要的远不只是丰厚的财力或专业知识。即便有人两者兼顾，也不一定能建起一座真正的私人图书馆，因为真正的图书馆有自己的内核，难以被外界参透。那些通过订购目录不断订书的书痴，

---

[1] 德国作家和编辑，主要研究传说和神话故事，但与著名的格林兄弟并无血缘关系。

一定有我未曾提及的眼光和天赋。他们往往通过细节——出版日期、地名、版式、前任藏家、装帧——来洞悉一切，这些信息并不枯燥，也非彼此独立，而是构建了一个和谐的整体，继而他可以根据这个整体的和谐程度与潜力，来判断这本书与他有无缘分。然而，如要在拍卖会上购书，藏书者则要采用另一套标准了。一个人如果准备竞拍书籍，那么他需要关注的不仅仅是书，还有竞拍对手，以便保持清醒的头脑，不会被牵着鼻子走。因为有一种情况十分常见：买家不断提高竞价，只是为了给自己争一口气，而不是为得到那本书。此外，藏书人最为美好的记忆之一，是本不抱希望却机缘巧合地救下了一本书——他无意间在市场上瞥见一本书，孤孤单单，无人问津，于是买下来使它重获新生，就像《一千零一夜》里阿拉丁买下了那个漂亮的女奴。你瞧，对一个藏书人而言，所有书籍的终极自由是待在他书架的某处。

直到今天，我书斋里的一众法语作品中，那本巴尔扎克的《驴皮记》依旧锋芒毕露，它见证了我最为惊险的一次竞拍经历。那是在 1915 年的乌曼拍卖会上，主办人埃米尔·赫什是当时最出色的图书专家和最著名的书商之一。这本《驴皮记》被认为最早于1838年出现在巴黎的交易所广场。当这本书被送到我手里时，上面不仅有乌曼的收藏编号，还有第一位买家买下它时的店铺商标，那已经是九十年前了，价格是现在的八十分之一。上面还写着"帕佩泰利·I.弗拉诺"。那个时代多么美好啊，人们还能在文具店的书商那儿买到如此珍本！这本书采用的是钢板印刷技术，是由当时顶尖的制图师发明的，并由一流的刻模师制作完成。下面我要讲讲我是如何获得这本书的。我在埃米尔·赫什那里提前检验了拍品，差不多有四五十本书，唯有这本《驴皮记》激发了我的强烈欲望，我想让它永远属于我。拍卖日终于到来。碰巧的是，在这本《驴皮记》拍卖前，还有一整套单独印刷的圣经纸[1]插画册。竞拍者都坐在长桌旁，第一件拍品出场时，我斜对面那位来自慕尼黑的收藏家西蒙林男爵，成为

1　圣经纸：原产于印度，又叫印度纸，由全木纤维制成，韧性好，不易破损，常用于印刷《圣经》或高级图书。

全场关注的焦点。他对这套插画非常感兴趣，但是也有许多竞争者。简而言之，这场无声的较量成就了当天拍卖的最高成交价——远远超过三千马克[1]。这个数字看来超出了在场所有人的预料，气氛变得兴奋而躁动。埃米尔·赫什看起来一副漠不关心的样子，不知他是想节省时间，还是出于别的考虑，总之他开始了下一件商品的拍卖，但此时大家的注意力很难被转移。埃米尔·赫什叫价了，我的心怦怦直跳，我很清楚自己的实力远不及这些大收藏家，我给出了一个稍高的价格。而此时拍卖人并没有提醒大家注意，直接进行了下面的流程——"还有愿意出价的吗？"手起槌落，三声震响，中间的停顿对我而言度秒如年——然后他追加了拍卖的手续费。那时的我还是学生，这笔钱可不是个小数目。我不想提第二天一早我不得不跑了趟当铺，接下来我想说的是另一次紧张的拍卖经历。那是去年在柏林的一场拍卖。那次的拍品是一系列成色、主题各异的书籍，其中只有一部分珍稀的神秘论和自

1　原德国法定货币，在 2004 年停用，现使用欧元。

然哲学作品值得留意。我为其中一些出了价，但我发现坐在前排的一位先生总是在观察我之后出价，很明显他势在必得。当他的这个举动反复发生几次后，我对买到那本最喜欢的书已经不抱希望了。那是《追忆一位青年物理学家》（*Fragmente aus dem Nachlass eines jungen Physikers*）的上下卷珍本，由约翰·威廉·里特于1810年在海德堡出版。这部作品后来没有再版过。在前言部分，作者有一位据称已故的匿名好友，他采用讣告的形式讲述了他的生平——和他自己十分相似——我认为这是一篇代表性的德国浪漫主义人物散文。但这个拍品出现时，我计上心头。这招非常简单：因为我的出价对那个先生是一种提示，我就干脆不出价了。我极力控制住自己并保持沉默。如我所料：拍卖时，没人感兴趣，也没人出价，那本书被搁置一旁。我决定先晾个几天，这显然是个明智的选择。我又去了那家拍卖行，在旧货处理部找到了那本书，因为无人问津，最后被我买了下来。

你走向堆积如山的书箱，从中一点点地发掘书册，让它们重见天日——或者说，与你共赏月色——有多少记忆历历在目啊！若想中途从书海里抽身，实在是难上加难。这便是整理藏书的巨大乐趣吧。我从中午开始整理，直到半夜，还剩最后几箱。

此刻，我手里的两本书封面纸板已经褪色。严格地说，这些算不上书，不应在书箱里。这是我从母亲那儿得来的两本剪贴册，里面有她儿时贴上的图片。它们就像是儿童图书集的种子，至今仍在蓬勃生长，虽然不在我的书园里了。如今的藏书库几乎都有几册类图书制品，包括但不限于自制的剪贴簿和家庭相簿，或是带着手抄本和传教小册子的书和纸夹；也有人热衷于收藏传单或意见书，或是由于无法获得原书，便收藏了手抄本和打印本；此外，期刊当然也是琳琅满目的藏书中边边角角的一部分。

说起刚才提到的两本剪贴册，实际上，继承是获得藏品的最佳途径。这是因为，一个收藏家对藏品的态度来源于物主对其财产的责任感。所以，从最深层次上讲，继承者的态度和杰出收藏的共性就在于这种责任感的传承。

通过上面的讲述你们或许看出来了，我十分清楚，这些关于收藏者精神状态的讨论会使不少人深信这股收藏热早已过时，怀疑是否还有收藏家这类人存在。我完全无意动摇你们的信念和疑心，但有一件事值得注意：如果没有收藏家，藏品本身也失去了意义。尽管公共收藏从社会角度讲也许更受欢迎，在学术层面也比私人收藏更有益，但藏品实际上只有在私人藏家处才具备自身应有的价值。我很清楚，我所说的这种私人藏家已是凤毛麟角，甚至听上去还有点自吹自擂。正如黑格尔所说，只有当夜幕降临，智慧神鸟才展翅飞翔。唯有当收藏家渐渐消失之时，人们才能明白他们存在的意义。

现在我已收拾到最后半箱书，已经是后半夜。除了记录下的东西，此刻我仍思绪万千——其实并不是思绪，而是意象，是记忆。我在各座城市留下的那些记忆：里加、那不勒斯、慕尼黑、但泽、莫斯科、佛罗伦萨、巴塞尔、巴黎；罗森塔尔在慕尼黑的豪华房间，已故的汉斯·劳尔在但泽的旧居，苏森古在柏林北部那间古老发霉的书窖；还有那些书本曾寄居的房间——我在慕尼黑的学生宿舍，在波恩的房间，布里恩茨湖畔伊斯特瓦尔德的房间，最后是我小时候的房间，那时只有四五本书堆在我周围，转眼间，现在已经有数千本了。

收藏家真是幸福，闲人真是痛快啊。人们对他们的要求最低，所以他们最能惬心自适，尤其是施皮茨韦格[1]笔下那些寒酸不堪的"书虫"。他们有一种灵性，或至少是一种天赋，这使得一个收藏家——我指的是名副其实、有使命感的收藏家——能够感受到，拥有并收藏一件物品，是一个人与外物能够构建的最为亲密的关系。并不是藏品在他身上活了过来，而是他融入并置身于藏品之中。于是我用书籍作为砖瓦，屋舍在眼前平地而起。现在，是时候恰如其分地退隐内室了。

1　卡尔·施皮茨韦格（1808—1885）：德国浪漫主义画家，《可怜的诗人》是他的成名作。画中是一个诗人在破烂的阁楼中裹着毯子，打着伞以防屋顶漏下的雨把自己打湿，在火炉中点燃自己的手稿取暖，苦苦寻找灵感。

1910

一堂小说课

有关现代小说的趣味问答

斯蒂芬·李科克

Stephen Leacock

——
这位佳人没有白等这五十页。

一百年前，斯蒂芬·李科克（1869—1944）可能是当时世界上最著名的英语幽默作家。他出生在南安普敦附近的斯万莫尔村，家人在他6岁时移居加拿大。虽然他后来成了麦吉尔大学政治经济学教授，并撰写了标准的教科书《政治学基础》（1906年），但他更为人所知的是一些幽默讽刺作品，例如短篇小说《文学之误》（*Literary Lapses*，创作于1910年，本文即选自此书），还有《小镇的阳光剪影》（*Sunshine Sketches of a Little Town*，1912年），后者被看作加里森·基勒的《梦回忧愁湖》（*Lake Wobegon*）的先行者。这使李科克成了一位家喻户晓的作家，他随后举办了许多场巡回讲座，其中包括1921年在英格兰和苏格兰举行的盛大的演讲活动。

李科克也鼓励了其他许多的喜剧演员和作家——菲茨杰拉德曾给他写了一封信以表达崇拜之情，喜剧演员斯派克·米利根也是李科克的众多追随者之一，而且唯唯诺诺的"四个约克郡人"的原型就来自《1948年的最后一刻》（*At Last the 1948 Show*），蒙蒂·派森组合[1]的成功很大程度上也归功于李科克的《白手起家的人》(*Self Made Men*)。还有一部动画短片也改编自李科克的代表作——《我的理财之道》(*My Financial Career*)——于 1964 年获得奥斯卡提名。和所有杰出的人一样,李科克的经历很好地诠释了"我是一个非常相信运气的人,但我发现工作越努力,我的运气也就越好"。1947 年以来,斯蒂芬·李科克纪念奖章一直被用来授予最优秀的加拿大幽默英语文学作品。

---

1 蒙蒂·派森组合:20 世纪 60 年代后期成立的英国六人喜剧团体,被称作喜剧界的披头士。善于用荒诞不经和超然的方式来挑战和表现各种社会禁忌、规章、权威、不合理现状和刻板印象,充满了颠覆性。

想象一下，你刚读到一本现代通俗小说的前几页，便发现一场精彩的搏斗情节，年轻的中尉加斯帕尔德·德沃，还有他的对手，意大利匪帮头目毛汉克：

　　这场恶战显然是不公平的。嘶喊声中充斥着愤怒和轻蔑，他高高挥舞着手中的剑，牙齿紧咬着一把匕首，面对冲向他的一大帮匪徒毫无惧色。德沃似乎还没成年，但是他面对这帮凶残的敌人毫不退缩。"神啊，救救他吧，"斯迈思哭喊道，"他疯了！"

问题来了：打个赌，在上面这场搏斗中，你认为谁会赢？

答案是：德沃赢了。毛汉克一边让他单腿跪在地上，一边发出残忍的笑声——"啊哈哈哈！哈哈哈！"，并准备用短剑刺他。这时，德沃猛地一个弓步冲跳（他在家里从书上学到的），然后——

很好，回答正确。你接着读了下去。现在，假设你发现因为毛汉克的死，德沃不得不背井离乡逃去东边的沙漠，你是否会担心他的安危呢？

坦白说，我的答案是不会。德沃不会有事。因为他是全书的主角，一定死不了。

仔细听好，下一个问题是：

骄阳炙烤着埃塞俄比亚的沙漠，德沃爬上那忠诚的大象，孤身前进。他停下来，坐在高高的石柱上，目光掠过荒漠。突然有一个孤零零的骑士出现在视野中，接着，一个接一个，总共来了六个。没过多久，一大群骑士向他猛扑过来。此时响起了一声响亮的"真主安拉！"，接着是一阵枪声。德沃从石柱摔落到沙地上，受惊的大象则开始乱窜。一发子弹击中了他的心脏。

那么现在，你怎么看？德沃是不是一命呜呼了？

抱歉，让你失望了，答案是德沃没死。是的，子弹是打中他了，没错，打中他的时候擦过了他马甲里那本厚重的《圣经》，他贴身带着，用来在病痛时祷告。还有子弹打中了后裤袋里的赞美诗集，以及背包里一本记录他沙漠生活的日记。

问题又来了。即便他这次死里逃生，当他在致命的栋古莱附近丛林中被咬伤时，你总得承认他将命悬一线吧？

答案是：那也没多大关系。因为一个善良的阿拉伯人将会把德沃带回酋长的帐篷治疗。

下一个问题：德沃好像让酋长记起了什么？

答案是：非常简单，酋长想起自己那多年前失踪的儿子。

问：这个儿子难道是毛汉克？

答案是：没错，就是毛汉克。这再明显不过了，但是酋长不加怀疑，治好了德沃。他用了一种叫作

"辛普勒"的神奇草药。酋长自从发现这种草药后，再也没用过别的了。

下一个问题：酋长认出了德沃穿着的那件大衣，毛汉克的死将会引起轩然大波。那么，年纪轻轻的德沃中尉还能活下来吗？

答案是：依然能。这次德沃意识到，读者已经明白他有免死金牌并且非逃出沙漠不可。他对母亲的思念不断涌上心头，还有他的父亲，头发花白，佝偻着腰——他的背现在是驼着的还是挺直了呢？有时候，他也会想起那位佳人，她是一个——还是算了，德沃回到了皮卡迪利的旧宅子。

下一个问题：当德沃回到英格兰，会发生什么？

答案是：接下来的情节是"十年前离开英格兰时，他只是个小毛孩，这次回来已经是个黝黑的铁骨男子汉了"。不过，这个微笑着上前迎接他的人是谁呢？是那个女孩吗？那个童年时陪伴他玩耍的女孩，已然出落成一个亭亭玉立、气质不凡的美人了，英国一半的贵族都跪倒在她的石榴裙下。

"是她吗？"他吃惊地问自己。

问题来了：这就是他日思夜盼的佳人吗？

答案是：是啊，就是那个她。她和他，是他们。这位佳人没有白等这五十页。

问题又来了：显然，你能预料到这个年轻勇敢的中尉和美丽夺目的女孩之间会擦出爱的火花，但是你猜，他们的爱情会顺风顺水，顺利到没什么可记录的吗？

答案是：根本不可能。我确信这部小说的场景已渐渐进入伦敦，除非作家描写到下面的场景，否则他很难满足：

德沃对自己刚刚得知的事实感到震惊，在黑暗中漫无目的地走着。加斯帕尔德·德沃在大街小巷穿梭徘徊，直到发现自己走到了伦敦塔桥。他靠着栏杆，低头看着下面河道的涡流。平静的水面下似有暗潮翻涌，在召唤他，在诱惑他。为什么不呢？生命究竟有什么值得他珍视的呢？德沃停在那里，犹疑不决。

问题是：他会投河自尽吗？

回答是：好吧，如果你不了解他，那我告诉你，他会犹豫很长一段时间，直到经过一番心理挣扎，重拾勇气，然后匆匆下桥。

问：投河前生死抉择的心理挣扎一定非常艰难吧？

回答是：难！确实很难！因为我们大多数人心理都很脆弱，肯定早就一头栽进河里了。但加斯帕尔德有其诀窍。此外，他还带着酋长的药草，当时正嚼着它。

下一个问题：德沃身上到底发生了什么？和他吃的东西有关吗？

回答是：不，和吃的无关，而是那个女孩。

致命一击已然到来——她不喜欢晒伤的德沃，也不关心黝黑的他；她要嫁给一个公爵。这位年轻的中尉已经是局外人了。真正的问题在于，现代小说家已经不再崇尚男女主角恋爱结婚的幸福结局，他们想要刻画的是凄惨的生活和悲剧的结尾。

最后一个问题：这本书将如何收尾呢？

答案是：哎，德沃决定回到沙漠。他给了酋长一个大大的拥抱，并发誓要成为他的第二个毛汉克。最后的画面是一幅沙漠全景：酋长和他的新儿子坐在帐篷口，金字塔后面是落日的余晖，德沃那头忠诚的大象蹲在他脚边，双眼专注地凝视着他，流露出无言的深情。

1822

超然于书帙

读书的要义，书籍的装帧，
室内与室外阅读

查尔斯·兰姆
Charles Lamb

—

当我独自待在肃穆的教堂过道，捧着一本《老实人》*读的时候，即便是被人撞见，我也不在乎。

---

* 是法国启蒙思想家伏尔泰的哲理小说，讽刺了君权神授的政法观念、宗教的狂热与迫害，抨击了莱布尼茨的乐观主义学说，以及天主教信奉的上帝的全知全能。

如果要收集关于书籍的散文集，却漏掉查尔斯·兰姆（1775—1834）的作品，这是件难以想象的事。遗憾的是，这个名字在21世纪已经鲜有人提起。兰姆的那本《莎士比亚戏剧故事集》（*Tales from Shakespeare*，1807）依旧名声在外，那是一部由喜剧和悲剧改编的儿童故事集，由查尔斯和他那位患有精神疾病的姐姐玛丽合著。

兰姆的作品曾风靡一时。那时他是一位颇受欢迎的散文家（和小众诗人，他那首《熟悉的老面孔》经常被各种作品集收录），定期以笔名"伊利亚"为《伦敦》杂志撰稿，这些文章后来被结集出版，是为《伊利亚散文集》（*Essays of Elia*，1823）。十年后，第二部《伊利亚散文集》出版，本文便出自此书。这篇文章探讨了许多永不过时的关于书的话题，例如什么时间、什么地方适合读书，还描述了一种"称不上书的书"，被兰姆叫作"巴拉巴拉"（biblia a-biblia）。

虽然兰姆的大部分职业生涯都是在英国东印度公司担任职员，但他和当时的著名文学家十分熟悉，包括威廉·华兹华斯，塞缪尔·泰勒·柯勒律治（同窗好友）和威廉·黑兹利特，当时他和姐姐玛丽还在伦敦的家里经营着一家颇受欢迎的文学沙龙[1]会所。

1　"沙龙"，salon，为法语"客厅"之意，后来专指在客厅举行的社交活动和文艺座谈，进出者多为戏剧家、小说家、诗人、音乐家、画家、评论家、哲学家和政治家等。沙龙文学的作品多以小说、诗歌为主。

"要当心，读书的本质其实是强用他人思想的果实来悦己而已。如今我认为，一个温文尔雅、才趣高妙的人能凭自己天然的慧根自得其乐。"——《旧病复发》中的浮平顿爵士如是说。

爵士的这番俏皮话可算给我的一位机灵鬼朋友留下了深刻印象，他自此扔下书本，全心钻研自己的独特思想。不过我还是得承认，冒着失去思想独立性的危险，我花费了大把时间钻研他人的想法。我就这样在他人的所感所思里虚度光阴，忘我地沉浸在他人的思想世界里。我的生活状态是：要么在走路，要么在读书。我做不到坐下来思考，因为阅读会代替我思考，令我乐在其中。

于我而言，沙夫茨伯里的书算不上阳春白雪，乔纳森·怀尔德的书也并不低俗浅陋。我把所有我读的东西都称作书。有的东西虽然装订成书，却根本称不上书。

这种"称不上书的书"——"巴拉巴拉"——我觉得有这么几种：法院的审判日历、指南书、口袋书、标记装订过的草稿、科学论文、年鉴、法令全书，以及休谟、吉本、罗伯森、比蒂、索米·詹宁斯的书，大概还有"绅士必备藏书"——《弗拉维奥·约瑟夫斯（那位犹太史学家）的生平》、威廉·佩利的《道德哲学》。除此之外，我几乎可以读任何书。我希望自己读书的品位始终隽永，兼容并蓄，包罗万象。

每当看见这些东西披着书本的外衣，高高地坐在书架上——它们像极了虚伪的圣徒，霸占圣殿，入侵圣堂，逐出原本的圣人——我便不禁油然而生一股怒气。我伸手取一本装帧精美、以假乱真的"书"，原以为是本趣味盎然的剧本，打开所谓的"书页"，跳入眼帘的却是一篇人口论的文章。原本期待读到理查德·斯蒂尔或乔治·法夸尔的书，却发现作者是亚当·斯密。我看到一架子精心分类却愚蠢至极的百科全书（英国国教或大主教的），封皮是从俄国或摩洛哥进口的，那张精美的山羊皮所缴纳的什一税就足够重装我那破损的对开本了，甚至能使帕拉塞尔苏斯和雷蒙德·吕利容光焕发。我从没读过这些"假书"，但我多么盼望能剥走它们的封皮，给我那些破烂不堪的旧伙计取取暖啊。

每本书都渴望拥有坚固的书脊和精美的装帧，以及由此带来的庄严肃穆感。在财力允许的条件下，这样的礼遇不应当盲目地滥用在所有书本上，就像没有人会精心打造一本杂志的门面一样。简便的封皮和装订（俄式书脊）是较为普遍的。而莎士比亚和约翰·弥尔顿的书（除非是初版），装帧花哨只会显得华而不实。说来也怪，拥有这样的书并不值得炫耀，因为这些书（本身的内容十分普通）的外表并不让人觉得赏心悦目，也不会让所有者引以为傲。不得不说，詹姆斯·汤姆森的《四季》（我留存的那本）有一些残破、几处折角，看上去反倒是顶好的。

对于真正的爱书之人来说，那污损的书页、破旧的封皮以及陈朴的（俄式书脊渗出的）书香是多么美妙啊！我们会不由得记起那一丝不苟的书架上透露的质朴气息，犹如在一处流动图书站里找到了一本《汤姆·琼斯》或《威克菲尔德的牧师》。这些书，无数双手曾反复翻读，无数读者为之心潮澎湃！——可能是一个女裁缝（制帽或制衣的女工），穿针引线直至深夜，当她偶得一时空闲，顿觉有些困倦，被忧虑笼罩，而当她捧起这些书，那些引人入胜的情节，仿佛一杯忘忧水，令她畅快地阅读起来。谁又能保证这些书一尘不染呢？难道我们还奢求这些书保存完好吗？

从某种意义上说，一本书内容越好，它所需要的装帧越少。亨利·菲尔丁、托比亚斯·斯摩莱特、劳伦斯·斯特恩的书以及所有不断重印的经典作品——熠熠生辉的铅版书——它们的折损和老化并不那么让人心疼，因为我们知道会有无数的副本使它们"永存"。一旦一本书（人也是一样）既优秀又稀有：

我们无处寻觅那普罗米修斯的火炬

还有那重新给大地带来光明的火光

像由公爵夫人所著的《纽卡斯尔公爵的生平》这样的书，为了完好保存，让后人瞻仰这块宝，再精致的外盒、再坚固的外壳都不为过。

无法重印的不仅仅是上述这些珍本，还有一些经典作家的旧版书，比如菲利普·西德尼爵士和泰勒主教的书，约翰·弥尔顿的散文，还有富勒的书——虽然我们已经重印并且其仍是人们讨论的焦点，但那些书籍的内核并不能（也可能永远无法）和它们的外壳一样被复刻，不过为了便于收藏——采用些昂贵又结实的封面也是好的。莎士比亚的"第一对开本"总是供不应求，我却不感兴趣，我更喜欢豪尔和汤森的普通版本，没有注释，配有一些当作地图来用的糟糕的简笔画。这些插画十分随意，甚至不刻意追求美感，却比莎士比亚画廊的版画要好上许多。我和很多英国人都认为，我们最喜欢的戏剧，是那些被最频繁翻阅的旧本。另一方面，如果我想读博蒙特与弗莱彻[1]，就

1　弗朗西斯·博蒙特（1584—1616）与约翰·弗莱彻（1579—1625）是英国文学史上一对著名的文艺创作合作者，同为欧洲文艺复兴时期的剧作家，两人一起创作了几十部传奇戏剧和喜剧，并联合署名"博蒙特与弗莱彻"。

必须看对开本，因为八开本读起来很吃力。我对那些无人问津的八开本并无同情，如果它们的读者和另一位诗人的新版书一样多，那么我还是更喜欢它们的新版式。要知道，《忧郁的解剖》[1]再版是我见过最残忍的事了，将地下珍贵的古老泥土挖出，裹上新潮的寿衣展现给现代人看，有什么必要呢？是哪个丧气的书商异想天开地想让伯顿重获新生？可恶的马龙[2]也真是糟糕透了，是他收买了斯特拉福德教堂的司事，让他用石灰水来刷莎翁的彩绘雕像，那雕像的原貌尽管粗糙，却很逼真，就连面色、眼睛、眉毛、头发和那件旧衣也都刻画得活灵活现，尽管不完美，但都展现了莎翁真实独特的细节。他们却用一层白漆盖住了他。如果我是沃里克郡的治安法官，我会立即给主理人和司事戴上脚镣，因为他们简直是一帮轻慢愚昧、多管闲事的无赖。

我记得我眼见他们是如何动工的——这些个自作

---

1 由英国牧师兼学者罗伯特·伯顿撰写，此书所谓的"忧郁"和"解剖"，其实是用忧郁的笔调来剖析人类的所有情感和思想表达方式。
2 埃德蒙·马龙（1741—1812）：爱尔兰研究莎士比亚的学者。

聪明的麻烦精。

如果我承认自己觉得一些诗人的名字比弥尔顿或莎士比亚听起来更优美、更加悦耳——至少是于我的耳朵而言——会不会有人觉得我古怪呢？可能是后者已经有些陈腐了，而且被讨论得十分频繁。那些最甜美的名字，听上去就芬芳美妙，包括克里斯托弗·马洛、迈克尔·德雷顿、霍桑登的德拉蒙德以及亚伯拉罕·考利。

在何时、何地读书也非常重要。在晚餐前，焦急等待的那五六分钟里，谁会想到把《仙后》[1]或安德鲁斯主教的布道书拿来读呢？

甚至，在准备读弥尔顿之前，也最好备上庄严的配乐。不过，弥尔顿自会给那些摒弃杂念、洗耳恭听的人带来他自己的音乐。冬天的夜晚，与世隔绝的静谧，少了几分仪式感，莎士比亚的故事被娓娓道来。在这样的季节，捧起一本《暴风雨》或《冬天的故事》吧！

1　英国诗人埃德蒙·斯宾塞的代表作，是文艺复兴时期一部重要的宗教、政治史诗，采取中世纪常用的讽喻传奇的形式，讲述了骑士与公主对抗恶龙的故事，歌颂了骑士精神和人文主义道德理想。

每当读到这两位的书，你总不觉想出声吟诵——给自己听，或者（如果凑巧）给某一个人听。听者超过两个——出声吟诵就成了朗诵会。

某些书只具有短暂的吸引力，只是因为某些事而匆忙书就，只需大体浏览，大声朗读便没什么必要。我即便在听人读一些较为优秀的现代小说时，也会不由得产生厌恶。

至于把报纸读出声来，简直无法容忍。在银行的办公室，为了节省时间，有一个惯例是让一个职员——通常是最有学识的那个——从《泰晤士报》或《纪事报》开始，为大家大声朗诵全部内容。尽管他用尽了肺活量和发声的各种优势，结果却是无比枯燥。在理发店和酒吧，一个人站起身来，吃力而缓慢地读一段，仿佛在分享他的新发现，接下来由另一个人读下一部分，整本刊物就这样拼拼凑凑被读完了，不常读书的人阅读速度慢，因此，这也只是权宜之计，否则公司里没有人读得完所有报纸杂志。

报纸总是能激起人们的好奇心。一份报纸没读完就放下，太让人失望了。

Nando's 烤鸡店里的一位身穿黑衣的先生捧着报纸看个没完！我都听乏了服务员的大声呼喊："先生，您的《纪事报》到了！"

晚上到了一家旅馆，提前订好了晚餐，碰巧在靠窗的座位上发现了两三本旧的《城乡杂志》（不知是以前什么时候，哪位粗心的客人忘在那里的），里面是有趣的私会插图——"皇室情人和 G 女士""柔情的柏拉图主义者和老相好"——以及老掉牙的绯闻。还有什么比发现这读物更让人开心的事？你会在那个时候、那个地点，想要换一本更好点儿的书吗？

可怜的托宾失明了，但他并不后悔——《失乐园》或者《柯玛斯》这种严肃而有分量的作品，他依然可以让人读给自己听——但是他错过了用自己的双眼浏览一本杂志或休闲小书的乐趣。

当我独自待在肃穆的教堂过道，捧着一本《老实人》读的时候，即便是被人撞见，我也不在乎。

有一次荒唐的经历，给我留下了深刻印象：我被人——我认识那个姑娘——发现正在读书，当时我斜躺在樱草山的草地上（她的心驰神往之地），正读着

《帕梅拉》[1]。其实书中没有什么让人羞愧的情节，但当
她坐在我身边，好像还想和我一块儿读时，我希望手
里拿的是别的书。我应和着与她读了几页，但这个作
家不大符合她的口味，她起身，然后离开了。善解人
意的裁判们，不如让您来猜猜看，我们两人中有一个
红了脸，是女孩娇羞了，还是少年局促了呢？这是我
永远的秘密。

　　我不是太热衷于户外阅读。因为在户外，我无法
集中精神。我认识一位一神论的牧师，人们常常在雪
丘看到他（那时还没有斯金纳大街），他会在上午 10
点到 11 点阅读，研读拉德纳的书。我认为这是一种我
无法企及的专注力。我常常钦佩他低调行事、避开世
俗叨扰的作风。我走在路上，若是不小心被撞到，比
如搬运工的垫肩，或面包篮子，很快就会让我质疑自

---

1 《帕梅拉》：18 世纪英国著名小说家塞缪尔·理查逊（1689—1761）的
代表作。他关注婚姻道德问题，多以女仆或中产阶级女性为主人公，善于
描写人物情感和心理。《帕梅拉》开创了英国感伤主义文学的先河。

己所学的神学知识，让我漠视甚至质疑那五要义[1]。

　　还有一类街头读者，每次想到他们我都有些不忍——那些寒酸的绅士，没有多余的钱购买或借阅一本书，只好在书摊旁蹭书读——书摊老板眼神冰冷，烦恨地盯着，想着他们到底什么时候才能读完。手指翻过一页又一页，小心翼翼、壮着胆子读，时刻担心老板下一句就会阻止他们，但无法拒绝满足自己，他们"不想放过这种惊心动魄的快乐"。某位马丁先生（在他年轻的时候）就这样每天蹭书读，读完了两卷《克拉丽莎》[2]，当摊主问他是否打算购买那部书时，所有满足感瞬间被泼了凉水。后来马丁谈道，他一生中，比起仔细研读过的每一本书，当初局促的街头阅读带给他的满足感是成倍的。现在，有一位别出心裁的女诗人，用非常朴实动人的两段诗，刻画了蹭书的无奈与幸福。

1　五要义：加尔文宗的五个观点，分别是：人全然败坏，神无条件的拣选，基督有限的救赎，不可抗拒的恩典，圣徒永蒙保守。

2　《克拉丽莎》（1748）：英国小说家塞缪尔·理查逊的成名作。小说采用长篇书信体讲述了女主人公反对包办婚姻，勇于抗争追求幸福的心理成长过程。

两个男孩

我看到一个男孩眼含期待
在书摊旁翻开一本书，
贪婪地读着每一个字；
摊主注意到了他，
于是我听见他对那个男孩说：
"先生，对，就是你，你从没买过书，
所以你也没必要读。"
男孩慢慢地走开，叹了口气，
他希望他从未学过识字，
那么那些粗鄙之人卖的书
他便不需要了。

穷人的苦难有多少，
富人永远不会烦恼：
我转眼就看到了另一个男孩，
他看起来好像什么都没吃，
至少在那一天——他只能盯着

小酒馆里一碟碟冷肉。

想到我自己，这个小男孩一定更苦，

饥饿，渴望，却没有一分钱，

目不转睛地盯着精致的肉食：

难怪他希望自己从未学会吃东西。

1916

假日的户外读物

美国总统的户外读物推荐

西奥多·罗斯福

Theodore Roosevelt

—

托尔斯泰是一位风趣盎然、鼓舞人心的作家，也是位特别不靠谱的道德问题顾问。

西奥多·罗斯福（1858—1919）是一位探险家、作家、自然学家，美国第二十六任总统，他的作品可以说是家喻户晓。他是速读风潮的代表人物，能在一天内嗖嗖读完一本书，通常是用多种语言写的。尽管罗斯福不喜欢"必读清单"这种东西，认为在读书方面人各有所需——"书籍浩如烟海，读者也是思考者，列出投合所有人心意的书单实在是荒谬。"——他个人也格外热衷于短篇小说和诗歌。

罗斯福幼年时患有哮喘，所以十分坚持和热爱户外活动和体育运动——他甚至自称"像公驼鹿一样强壮"，而且这个绰号一直跟随着他，还有他领导的盛极一时的进步党。罗斯福除了写就大量信函外，还撰写了有关海军历史、奥利弗·克伦威尔的书，以及《夏日里阿迪朗达克山的飞鸟》（*Summer Birds of the Adirondacks'*）。本书摘录的部分来自他的书《一个爱书者的假日郊游》（*A Book Lover's Holiday in the Open*，1916）。其他富有生命力的文章包括《在大峡谷边缘狩猎美洲狮》和《原始人与马，狮子和大象》。

偶尔我会被问到适合男性或女性在户外度假时阅读的书。因为定好了长途旅行的计划后，打包行李是件重要的事，我只能回答：带上你在家里读的书就好。这样的答案通常会引起进一步的问题，例如我在家时读的是什么书。对于这个问题，恐怕我的答案不具备参考意义，因为我从未遵循过任何阅读计划，毕竟人各有所需，境遇各有不同；事实上，在我看来，不存在人人适用的读书清单。如果一个人不喜欢书籍，那么对他而言阅读任何一本书都会是苦差事。我真的十分同情这样的人，但我不知道如何提供帮助。如果一个人喜欢书籍，他自然会去探寻思想和灵魂需索的书籍。别人可以提出的建议或许有用，但建议只是建议，这些建议的有效性和提建议者对被帮助者思想的了解程度成正比。

当然，如果有人发现自己从未读过严肃的文学作品，如果他的所有阅读都是空洞浅薄的，那么努力培养自己对那些有文化、有思想的人公认的经典之作的喜爱，是一件有益的事。无法承受这种脑力层面上持续的辛劳，就如同一个年轻小伙子无法承担持续的体力劳动一样，是有损颜面的。让男人或女人、男孩或女孩，阅读一些好的作品，比如吉本或麦考利的书，这样持续的脑力劳动会带来能量，让他们渐渐能够享受阅读好书的过程。当完成这一步时，就可以很快建立起信心，为自己选到心仪的好书。

阅读和饮食一样，个人品位的培养十分重要；广义上，品位仅仅是一种个人偏好，与书籍品质和读者素养无关。我喜欢苹果、梨、橙子、菠萝和桃子，不喜欢香蕉、鳄梨和李子。我喜欢的事物并不能带给我优越感，但会带来满足感，而我厌恶一些事物也不是什么卑劣行为。在热带地区时，我对无法让自己喜欢上香蕉感到无比遗憾；而过去在西部时，我不喜欢李子则是一件更不幸的事。但我就是无法让自己喜欢上它们，就是这么回事儿。

同样地，我愿意一遍遍地读《盖伊·曼纳林》《古董家》《彭德尼斯》《名利场》《共同朋友》和《匹克威克外传》，却对《奈吉尔的命运》《埃斯蒙德》和《老古玩店》实在无能为力——这几本是我上个月尝试读的书。我毫不怀疑后三本书和前六本一样好，甚至某些人会认为后三本更好，但我不喜欢它们，就像我不喜欢李子和香蕉一样。我以同样的方式读了一次又一次《麦克白》和《奥赛罗》，却读不进去《李尔王》和《哈姆雷特》。我很清楚后者和前者一样精彩绝伦——如果我不能自信地赞赏喜欢的书，那我也不会冒昧地解释自己为什么读不下去不喜欢的书！在我这个年纪，最好还是诚实地认清自己的局限性，去阅读那些非常喜欢的书籍。

这并不意味着由着自己沉溺于堕落甚至无价值的读物中。如果有人发现他喜欢读《漂亮朋友》，他会很好地审视自己道德本性的反射中枢，振奋精神去学习尤金·布里耶或亨利·波尔多的作品。如果他不喜欢

《安娜·卡列尼娜》《战争与和平》《塞瓦斯托波尔》和《哥萨克人》，将会是巨大损失；如果他喜欢《克鲁采奏鸣曲》，他最好保持理智，做好打算，避开托尔斯泰的作品。托尔斯泰是一位风趣盎然、鼓舞人心的作家，也是位特别不靠谱的道德问题顾问。

不言而喻，我们应该摒弃阅读低劣书籍取乐的习性。同样也要明白，浅薄和粗俗的书籍带来的快乐远不足以抵消它造成的伤害。我们身边仍然有大量的好书，虽说每个人能阅读的数量是有限的，但每个读者应该选择那些能够满足自己特殊需要的书籍。其实"百佳图书"或"馆藏珍本"的书单并没有意义。

还有许许多多的丛书，每个门类可以列出上百本，本本都是经典。每一本对一些读者来说，都比其他的好，但是出现在推荐书单里的，可能超不过六本。对于"馆藏珍本"，制定评分标准其实不难，因为对于某些特定的人，在特定的时间里、特定的条件下，每一本书都有其最珍贵的价值。但是，试图建立一个适应普遍价值的图书馆注定是徒劳无功的。

因此从广义上看，读者本人的独特品味一定是选书的主导因素。我喜欢关于探险和狩猎的书籍，但我不要求其他人也喜欢这些书。因为，我很清楚个人爱好只是个人爱好，这也是为什么这篇文章更多的是自白而不是教诲。正是因为这样，我承认自己很喜欢故事性强的小说。甚至在这些小说中，我既不能解释也不能证明为什么我喜欢某本书而不喜欢别的：为什么在显克维奇[1]的小说中，我无法忍受《你往何处去》，但对《火与剑》《潘米迦勒》和《十字军骑士》永不会厌倦。

当然，我知道一流的评论家都会嘲笑小说读者对"圆满结局"的要求。那么，在真正伟大的书籍中——像弥尔顿的史诗、埃斯库罗斯和索福克勒斯的戏剧——我完全愿意接受甚至强烈要求悲剧情节，对于一些不能称之为伟大的诗歌也是如此，我希望悲剧情节足够长，好让我对男女主人公产生兴趣！但是对于优质的、可读性强的小说，我不愿如此。现实世界

1　亨利克·显克维奇（1846—1916）：波兰19世纪批判现实主义作家，素有"波兰语言大师"之称。代表作有通讯集《旅美书简》，历史小说三部曲《火与剑》《洪流》《伏沃迪约夫斯基先生》，历史小说《十字军骑士》。1905年凭《你往何处去》荣获诺贝尔文学奖。

已是那么恐怖、冷酷和肮脏，一个活着的人已经奋斗挣扎得够辛苦了；当我转而来到文学世界——书籍只是书籍本身，又不是我谋生的工具——除非有充分的理由，否则我不愿再去研究人生的苦难。如果小说结局里男主角没有娶女主角，我极有可能不会读这本书；即便我破例了，我也更希望有个圆满结局。我只是想陈述这种心态，不是在为自己辩护。

因此，去解释清楚我选择读某些书的原因其实是徒劳的。至于如何读书、何时读书的问题，我的答案就相对清晰许多。我几乎总是在晚上读很多书；如果晚上没剩下什么时间，我至少可以在睡前半小时读一会儿。即使白天十分忙碌，各种奇思妙想也会在夜里闪现，正好可以好好享受一本书。还有，在郊外的午后，或雨水丰沛的秋季，或风暴肆虐的寒冬，当一个人完成了户外的工作，换下了湿衣服，敞开的火炉前是一把摇椅，这时只需要一本书做伴。

当然，在很长一段时间里，乘坐火车和汽船的旅程，都是用来享受阅读的绝佳时刻。在狩猎和探险时，我都会随身带着书。这种情况下，应当选稍厚一点儿的书，以保证这一路都有的读。这时候，你就可以读几本赫伯特·斯宾塞[1]或者杜尔哥[2]的著作，或者德国人对蒙古人的研究，甚至是阿里斯托芬作品的德语版，连对俏皮话的注释都意味深长，读完之后甚至让人想扔掉那些无法与之比肩的藏书。当这趟旅程结束时，你会热切地想读些旧杂志或轻松点儿的书。

然后，如果一个人日理万机——在政务繁忙的关键时刻，正在参加国家大会，或在国会调查期间，在激烈的政治竞选中——最大的慰藉和最纯粹的快乐，便是去读一些令人爱不释手的好书——塔西佗、修昔底德、希罗多德、波里比阿，或歌德、济慈、格雷，或洛威尔——你会将所有与龌龊低劣事物的抗争抛诸脑后。

1　赫伯特·斯宾塞（1820—1903）：英国哲学家、社会学家、教育家，被称作"社会达尔文主义之父"，把进化理论适者生存应用在社会学上，尤其是教育及阶级斗争中。代表作有《社会静力学》《人口理论》《心理学原理》《教育论》。

2　杜尔哥（1721—1781）：法国政治家和经济学家，是18世纪后半叶重农学派的代表人物。代表作是《关于财富的形成和分配的考察》，在经济理论上集中研讨了财富问题，侧重考察了财富的形成和收入的分配。马克思称他是"给法国革命引路的激进大臣"。

和其他人一样，我很容易展开连续性阅读。如果我对某个主题感兴趣，我会阅读与之相关的不同书籍，并且可能还会拓展阅读它所建议的相关主题。我读过卡莱尔的《弗雷德里克大帝》——它包含了对战斗的精彩描述，以及对这位不屈不挠、足智多谋的国王的细致刻画，并且匪夷所思的是，这本书以道德的名义将残暴行径合理化，通过真理布道的幌子掩盖和篡改事实——关于这个主题，随后我转向了麦考利的文章，并发现这位过去一度被人蔑视和嘲讽的历史学家，展现出了一种更为健全的哲学观，对于真理有着极其深刻的见解和热爱，和那些手持缄默的教义、嘴上却喋喋不休的道德卫士截然不同。

然后我拿起了一本沃丁顿的《七年之战》，然后我读了能搜集到的关于古斯塔夫·阿道夫的一切，而且，我逐渐搁置了除军事方面的所有内容，我被尤金·萨沃雷和图伦内写的稀奇古怪的野史深深吸引了。同样的原因，我后来喜欢和研究的马汉作品，将我的思想带去了更远的地方，使我着手阅读有关德·鲁伊特尔的怪诞的旧作，以及汉莎记录的那些骁勇的军商，并且尽我所能地研读叙弗伦和特格特霍夫的战功。我没有去读法拉格特。马哈斐的书促使我重读了——唉！翻译版的——后雅典时期希腊作家的书。同样，读完费雷罗之后我又读起了拉丁文作家，然后同时勤奋地阅读各种现代作家的作品，读完了阿曼关于七位罗马政治家的巨作。最后，是吉尔伯特·默里的作品把我从希腊历史带回到了希腊文学的世界，自然而然地读回了《旧约》《尼伯龙根之歌》，再到《罗兰诗》《武勋之歌》和《贝奥武夫》，最后到日本伟大的英雄史诗《四十九浪人》。

我阅读伯勒斯的作品十分频繁，对他的作品如数家珍。我非常欣慰，查尔斯·谢尔顿将写作的能力、敏锐的洞察力和户外探险的胆识紧密结合，向人们展示了一个猎人、一个自然学家能够为人类最后一片伟大的荒原阿拉斯加做些什么。在谢尔顿之后，我开始读斯图尔特·爱德华·怀特，然后开始悠长的漫步，从赫伯特·沃德的《来自刚果的声音》和玛丽·金斯利的作品，到哈德森的《埃尔姆布》和坎宁安·格拉姆的《南美素描》。然后开始重读《联邦党人》，接着是伯克的书，特里维廉的福克斯早期史和大革命历史，再到莱基的书；最后读到了马尔萨斯和亚当·斯密，以及阿克顿勋爵和巴格霍特，我开始走近与自己同时代的作家——罗斯和乔治·阿尔格。

即使是纯文学，即那些与历史、哲学、社会学或经济无关的作品，一本书中也时常会提及另一本书，因此人们会发现自己无意识地遵循了某种既定的阅读规律。我曾经通过蒙田了解到约瑟夫·艾迪生、斯威夫特、斯蒂尔、兰姆、欧文和洛威尔，再到克罗瑟斯和肯尼斯·格雷厄姆——如果有人反对说其中一些人并未建议他作，我只能回答他们：确实建议了。我想每个人都经历了不爱读诗的时期；有些人，我是其中之一，也经历了饱读各类诗歌的时期。一开始是贺拉斯和蒲柏，然后是席勒、司各特、朗费罗、柯纳，接着是布莱特·哈特或吉卜林，又轮到了雪莱或赫里克、丁尼生，然后是坡和柯勒律治，再到艾默生、布朗宁或惠特曼。有时人们希望通过阅读来对照自己的生活。对我来说，欧文·威斯特是我渴望成为的作家，他令我如饥似渴地怀念着孤独的山脉、布满阳光的广阔平原、在风中起伏的草海、猛然跃起的野生动物、身姿轻巧的黝黑男人潇洒地骑着驯服的野马。

但是，当我长时间在牛营里生活的时候，只有碱尘、浑浊的温水、煎面包、咸肉和脏汗衫为伴时，我常带上一本斯温伯恩的书充当我的防腐剂。

有远见的父母可以先教会孩子尝试并且喜欢上阅读一本好书，再建立享受好书的持续性心理需求。如果他们能让每个孩子掌握至少一门外语就更好了，这样除了我们自己伟大的英语文学之外，他们还有机会探索另一个文学世界。

学习现代语言途径众多且难度不高，任何真正想要学习一门语言的人都可以很快掌握它，足以轻松地阅读普通书籍、然后，只需要多加练习，任何人都能够痛快地享受新的语言知识所带来的美丽和智慧。

偶尔，一个人的灵魂会渴望笑声。我无法想象会有人专门学习一门关于幽默作品的课程，虽然我也不太理解那些完全不读幽默文学的人——从西德尼·史密斯、约翰·菲尼克斯到阿尔特·姆斯沃德，再到斯蒂芬·莱科克。马克·吐温最好的几部作品十分精妙，可以与乔尔·钱德勒·哈里斯的媲美。当然，奥利弗·温德尔·霍姆兹是充满哲理的幽默作家，也是最顶尖的幽默家，即使我们只考虑"幽默"这个词最现代和狭义的用法。

一个真正喜欢各类书籍的人会发现他不同的情绪决定了他当前需要读的书。史蒂文森的作品适合午后难得的惬意小憩，但吉本的作品就绝不适合。阅读纳皮尔的《半岛战争》或马尔博特的回忆录时合适的情绪，霍桑或简·奥斯汀的作品肯定不能疏解。当一个人突然兴起，想读《北欧传奇挪威王列传》，那么帕克曼的《蒙特卡姆和伍尔夫》，还有莫特利写的荷兰共和国历史书，无论如何也无法满足他，而且如果在读完《北欧传奇挪威王列传》后拿起一本《牛津法语诗集》，则恍如隔世。

在很大程度上，一个读者要在阅读中获得满足感，必须区分清楚，你是下面哪一种：（1）对当前的所有书籍一无所知；还是（2）只读"最新上架"的图书，然后被无数枯燥的书晃花了眼。在我看来，一些评论家在标题里谈及"本周最佳读物"时，完全是在贬低那些书本身，也贬低了原本对那些书感兴趣的书评家。我更愿意看到"前年最佳读物"这种标题。如果有人仍然留意前年的书，这本书可能确实值得一读；而一部只能被称为"本周最佳读物"的书，最好立刻扔进废纸篓。

许多新书虽不具有流传价值，但仍值得或多或少地细读一番。一是因为其有助于我们清楚大众的兴趣和口味，二是因为这些书籍尽管只具有短期价值，但也许会提出一些有意义的观点，并且引发舆论和思潮，具有震撼人心的力量。

而那些具有恒定价值的书籍，既具备文学情趣，也可以带来现实慰藉。如果任何一位行政长官在与立法机构交涉过程中，对其缺陷感到愤怒，那么他应该研究一下麦考利笔下的议会对待威廉的方法，后者发现多亏了他的努力，外敌的威胁不再是第一要务了，这值得深思。如果有一个人对社会道德的败坏程度感到过于悲观，那么就让他读一下马丁·朱述尔维特的书，他会得到安慰。

如果这个国家现在对待外交事务和军事安全的态

度令人十分泄气，那么 19 世纪前十五年的研究无论如何都会给我们一些安慰，我们可以看到伟大的开国先辈曾和我们一样愚钝。

当然，一个人也不能仅仅关注美国的本土事务。如果他被诱导去厚古薄今，如果感伤主义者试图说服他"信仰时代"——例如 12 世纪和 13 世纪——比我们当下的时代更美好，那么他应该自己去读一本可靠的书——例如，利亚的《宗教裁判所史》，或者库尔顿删节后的萨利姆恩回忆录。读完后他将更接近真相，并将虔诚地感谢他生活在当今时代，尽管这个时代还存在种种不足。

恕我无法列出我阅读的所有书籍或主题门类。或许我上述的回答并不十分完美，但我对这个问题别无其他答案了。

1809

藏书癖

一首关于沉醉读书之趣（险）的诗歌

约翰·费里尔

John Ferriar

———

这是一种多么纯粹的快乐啊，当我的双手第一次打开那本精巧、珍贵的书，黑色的封皮，闪着微光的金字！

约翰·费里尔医生（1761—1815）是 18 世纪末至 19 世纪初的社会活动家，坚持提倡和维护贫困人群的公共医疗保健权利。同时，作为一名学者，他还发明了"藏书癖"（bibliomania）一词，因为当时藏书之风在欧洲贵族和中产阶级当中十分盛行。他出生于苏格兰边境的奥克斯纳姆，后来成为曼彻斯特医院的主治医师。费里尔最初的研究集中于伤寒病症，后来越来越多地关注精神疾病，并发明了一种早期心理疗法。这首轻松的诗（1809）是写给理查德·希伯的，他既是费里尔的朋友，也是个有强迫症的藏书家——还是世界上最古老的藏书家协会罗克斯堡书会的成员，其会员至今还定期碰面——他诙谐地刻画了那些过于痴迷收藏的富有的藏书家。希伯实际上是罗克斯堡书会的创始人之一（如需更全面的概述，可参见《早期的罗克斯堡书会1812—1835：书会先锋》和肖恩·哈茨本兹的《英国文学的发展》），而且希伯的藏书室被另一位会员沃尔特·司各特爵士描述为世界上最好的藏书室。当他去世时，他在英国和欧洲各地的家中藏有大约 15 万本书和不计其数的刊物。此外，费里尔的这首诗还启发了牧师托马斯·迪宾——罗克斯堡聚会的组织者，迪宾于一年后写出了关于这个主题的开创性作品——《书痴，或藏书癖》（ *Bibliomania or Book Madness* ）。

藏书癖

致理查德·希伯绅士的一封信

约翰·费里尔医生敬呈

你说，我不许任何人在此便溺。

那就画两条蛇[1]。

是什么狂野的欲望，什么无休的折磨

攫取了这个不幸的人，受书病的摧残，

1　两条蛇：蛇被视作一种神圣的象征，在建筑物上画两条蛇是劝阻公众
不要在墙边"方便"。就像装饰墙上的十字架可以警示醉汉不要亵圣，另
寻一个地方方便。

如果惜财的命运束缚了他慷慨的内心，

如果谨慎的行事熄灭了他天性的火花！

怀着渴望的目光，他酸痛的眼睛注视着

那初版的珍本，包裹着蓝金色的封皮，

高高的书架上，狭窄的分区

展示着，也保护着里面诱人的宝物：

法卡丹不忍赞叹，就像圣人说的，

犹如精美的水晶镶嵌在光洁的穹顶上。

也有小部分人，被好运眷顾和护佑，

就像你一样，拥有天赋、财富和鉴赏力，

优雅的双手，明智的头脑，

收集缪斯的珍宝，智慧凝成的文字。

修道士为你讲述亲笔的画卷，

印书匠为你修补历史的陈污；

浮士德为你承受地狱的折磨，

伊拉斯谟为你在阿德里亚河畔忍饥挨饿。

对开本上印着奥尔达斯字体，笑意溢满了你

的书架，

整洁利落的埃尔泽弗体，像开心的小精灵，
在十二本镀金的书脊之间显得小巧别致；
纤细的吉欧里提字体则透着纤长的光芒，
而波多尼体则展现出粗犷的罗马风格。
卢浮宫为你打开了皇室使用的大门，
迪多体向你展示它精美绝伦的馆藏：
精致奢华的典范，光洁优美的雕塑，
伊瓦拉体的堂吉诃德使你神魂颠倒；
书簿上闪耀的拉伯德体展现了
美丽、光耀却不幸的西班牙王国！
啊，徒有一个虚名，未来会继续如此，
涂满了爱国者的热血，和英格兰的眼泪，
在凯歌的鼓舞下创造新的荣耀，
萦绕着伊西斯为锡安流淌的悲歌！

但通往缪斯女神之路常常崎岖，
狂热的收藏者会步入歧途：
先被盯上的是书页白边的宽度，
纯洁、雪白、宽阔，乃为高等趣味。

如若激起帕拉斯[1]的怒火，

智慧的刀锋太过靠近边缘，或太过倾斜，

那么荷马那磅礴的诗歌，

贺拉斯的笑容，塔利的魅力则皆成徒劳。

书痴痛苦地呼喊，双眼憔悴，

"没有书页白边！"

他匆忙转身，对买这种书表示不屑。

他回到派伯斯擎起他如地球般头颅的地方，

或是马多克带有裂缝的巨大铅印。

光彩的诗行精巧地排列，

两侧巨大的空白边展开，

就像俄国的荒原，毗邻冰冻的深海，

寒冷刺骨，白光刺目，陷入永眠。

或英文写就的书籍，被人们忽视和遗忘，

在尘封的书堆里唤起了他的愿望：

不论隆冬多么苦寒萧瑟，

1　帕拉斯：即雅典娜，希腊神话中的智慧女神。

哈珀的竖琴曲谱，已经蒙灰，

每一次拍卖，都一心想得到新藏品。

他对拍品了然于心，眼神焦急难耐：

拍品目录上用纤细的斜体字备注着，

他全神贯注，殷切盼望，充满好奇。

他丝毫不像自己写的托斯卡纳字体，优雅沉

着如天鹅，

他如同在荒蛮之地盘旋的秃鹰，

在无尽的长夜里攫取无人知晓的战利品，

让柯凯恩或弗雷彻重见天日。

他因为拥有红色的摩洛哥山羊皮封面而自豪

无比，

血淋淋的杀戮，还有哭喊的魂灵；

或哀切的民谣，唱给垂垂老去的人。

现在廉价到用它们三倍重的黄金便可买到，

对于那些生前默默无闻的逝者真是讽刺；

有些花儿"如此芬芳，却只在尘埃里绽放"。

雪利这以这一行经典诗句闻名，

洛夫莱斯偶尔能敲出神圣的音符。

这不公平的荣光就像午夜的雷电，

过后是更深的黑暗，在破晓之前。

但是人的幸福总会面临厄运的风暴；

他垂头丧气地看着他落败的局面：

过度的悲痛，哀思的向往。

啊，她那雅典神庙里纤巧的遗物！

啊，那种力量，魔法师也为之震颤，

穿透土地，在神秘中积聚！

我愿意摒弃海洋般深邃的宝石，

和阿拉丁洞穴里所有的财宝，

也许我在神秘的阴霾中变得神圣起来。

一群群吟游诗人发现了他们的坟墓：

在腐朽的塔桥或无人的荒原下，

这些人里最可亲的是他的米南德；

在那里有被安提玛科斯遗忘的七弦琴，

在那里温柔的萨福仍是一簇诱人的火；

或微笑的缪斯最珍爱的他，

但哀叹的声音都是最为温柔的

甜美夜莺，笔调就像她自己一样。

一系列枯燥低劣的作品摧毁着人们的判断力，
即使奥马尔对知识的渴望和唾沫星子一样少。
地震和战争转移了他们的无情和愤怒，
但是，每一个节日都需要一些昭示命运的文书。
尤利乌斯的塔，孤独矗立，
所有的地桩见证着我们国家的耻辱。

当哈利的统治镇压了臣民的哭号，
并且摇摆的舵被欲望和掠夺掌控，
然后暴徒的手玷污了神庙，
他们圣洁的雕像，彩绘的窗格；
然后从箱子里，取出珍藏的古老艺术品，
文人虔敬书写的卷轴被粗鲁地扔来扔去；
然后是大量的手稿，被散乱铺开，
粗鲁蛮横地扔进炉灶烧毁；
然后收藏家记下了这个人神共愤的日子，
奥古斯塔的穹顶被重重火焰笼罩。

纵使鉴赏力被误导了，或许达到别的目的，

但风潮指引着这帮为书痴迷的人。

曾经，和学习引发的苦闷忧郁不同，

纨绔子弟可以在美人前吹嘘自己旅行所见，

直到奥福德出现，并告诉他那些苦闷的同行，

将崇高的话反复讲给文雅的听众：

教会热闹的群众去尊重唯唯诺诺的文人名士，

沉浸在琐碎的劳动中，从不会红着脸去争一

个头衔。

现在有文化的纨绔子弟数量日益庞大，

他们多有经典的家具，由希望设计，

（希望，是装修的人眼里无声的绝望，

是一个坐在扶手椅上书呆子的固执）

现在接受了奥福德的温暖和格兰杰的教导，

那些纸质书，上等的镀金和装帧，

他从伤痕累累的古卷上扯下来又粘在一起，

他的英语藏书，按年份排列着。

从他们原本的书页撕下，（作为不值钱的打赏，

出于侠义精神和英雄主义）

不是信仰的偏差，也不是战场的同僚可以拯救，

英勇的战士，独眼的勇者。
愤怒的读者找寻逃离的影迹，
诅咒这些忙碌的蠢货，脑袋空空。

他骄傲地笑，意气风发，
珍贵的奖品，争先恐后的臣民；
他们的行为和他们的名字被时间淡忘，
他们透着精明的笑意却永远存在。

就像诗人一样，收藏家也徒劳地对抗命运，
通过学习艺术获得成长。
像卡库斯一样，专注于驯服自己挣扎的意志，
那暴君的激情依然会将它们拖回。
即便是我，缺乏闲适，少有学习时间。
也需承认，在焦虑的劳作中，也潜藏着它巨
大的力量。
这是一种多么纯粹的快乐啊，当我的双手第
一次打开
那本精巧、珍贵的书，黑色的封皮，闪着微

光的金字！

不安的目光扫视着，像漫游的蜜蜂，

绽放出智慧，或赞歌，或诗句，

像泉水一样甜美，从石头中冒出来，

心间滑过一丝难以名状的喜悦。

正沉浸在罗西的简洁和经典的文风中，

天真的故事唤起了他一瞬的微笑。

现在，我的思绪被留在布谢的杂货店，

随着愉快的阅读，学习开玩笑。

布谢，他的巨著令读者愉悦舒畅，

是斯坦利的自由之手呈上的珍贵礼物。

现在悲喜交加的我，游荡在破败的罗马城邦，

和文雅的杜·贝莱一样满目遗憾；

或者，带着强烈的喜悦，好奇地翻页，

在那里，巴斯昆勇敢面对主教的愤怒。

接下来的气氛预示着悲剧性的转变，

工作的消息传来，那诗歌根深蒂固的敌人！

讲述"恶魔是如何拍击他的铁掌"，

"挥舞着锁链，掠过大地"。

不论寒冬的风暴，还是夏天的烈火，

危险的场景，或悲伤的景象，我都要前往。

甚至是马尔盖特，那里四处游荡着伦敦佬，

还有精神错乱的诗人渴望的避难树林，

高高的树荫遮掩住正午的日光，

当西风吹来，水面在脚下轻颤。

正是这种种的任务，让我固执的命运屈服，

远离文字带来的享受和美妙的沉思。

更优秀的天才给我们送来这样全面的帮助，

使我们的朋友可以免受糟糕的复述：

否则当社交场合重续我们的喜悦，

塞满的公文包会让你警觉，

跳动的韵脚将战胜你的耐心，

尽管受到热情款待，你也将提早回家。

所以当旅行者的匆忙脚步溜过时，

在维苏威火山一侧，冒烟的熔岩，

从深处发出的嘶哑的雷鸣般的咆哮，

喷出的火焰点燃了他等待的急切。

他惊恐地飞跑，而哗啦啦的暴雨落下，

急需每一位神祇出手相助：

气喘吁吁，惊恐不安，他奔向遥远的河岸，

发誓再也不冒险去水湾附近了。

1912

读书的用途

为什么书籍是幸福生活所必需的

拉迪亚德·吉卜林

Rudyard Kipling

—

无节制地阅读书籍和过度用药一样危险。

拉迪亚德·吉卜林（1865—1936）最为人所知的是他的诗歌和小说，如《基姆》和《丛林之书》，他也经常发表关于自己感兴趣的各类主题的演讲，包括政治和帝国、文化和医学。但吉卜林对于公开演讲并不是非常热衷，他的演讲带有一种轻松的会话风格，没有演说家的激情澎湃和伶牙俐齿（你可以 YouTube 上观看他发表的演讲的片段）。在正式演讲之前，他经常研究自己的讲稿。他收集了自己 1906 年至 1927 年间发表的 31 篇演讲，并将合集出版为《演讲录》（A Book of Words，1928）。这部合集包含了他主要感兴趣的领域，收录了"帝国关系""海军精神"和"我们在法国的印度军队"，以及下面的这篇选文。这篇文章改编自他 1912 年 5 月给惠灵顿学院学生的演讲，最初的题目是"阅读的益处"。他的听众是 50 多名男孩，包括他十几岁的儿子约翰。根据学校杂志的报道，这次演讲给听众留下了十分深刻的印象。他的更多演讲可在网站 www.kiplingsociety.co.uk 和第二部《演讲录》（2008）中找到。

在今晚，我有幸为贵校在座的各位读一篇文章。在我开始之前，我最好先承认一点，这是我毕业后第一次在学校读一篇论文。我念书时加入过学校的自然历史学会，出于某种不太好讲的原因，那时我不得不读一些论文，不论我愿不愿意。

写文章是一回事，读文章却是另一回事。这也是我今天想要谈论的主题——适度读书的用途和价值。在过去，甚至现在都还流行一种想法，认为阅读本身就是一种善良和圣洁的行为。我不能完全认同这一点，因为在我看来，一个人热爱阅读与否证明不了什么。他本质上或许是懒惰的，或者他可能在生活中备感束缚，所以不得不在书海小憩。他可能充满了好奇心，对他刚刚展开的生活感到迟疑，因此，他可以全身心地投入能够接触的任何一本书中，以便解除疑虑，抚慰惊怕，激起兴趣。

现在我远不能断定，对于文学的热爱是否就是大多数人生活的主要情趣所在，甚至是一个民族的主导精神。但是，如果人活于世却不了解自己国家的文学，并且对经典作品和文字的价值没有什么见解，那他就像一个运动员在到达赛场前，还不了解自己从事的体育活动的主要内容，只会手足无措。他不知道比赛的最高纪录，所以也不知该如何为自己树立目标。我家里有一本书，用图表总结了过去两百年来关于永动机的几乎每一次发明尝试。它是为了省去后来的发明家的麻烦而绘制的，并且编者在他的序言中说："人们最常沉溺的幻想之一，就是理所当然地认定自己设想的机械结构能运作，显然前人的试错是非常必要的。发明者对原创性常抱有错觉，他完全无视前人已做过的计划和实验，就像把自己置于生活的孤绝境地。"这就像对文学一无所知的人所处的境地一样，全然无视此前发生的一切。这样的人极有可能浪费自己的时间，消耗朋友的耐心——甚至可能危及集体的安全——因为他需要制定自己的行为准则，摸索如何处理邻里关系，在屡次尝试后发现自己经验不足，然后又把这件事抛诸脑后。假如他拥有一个记录本——比如说记满了图标和注释的那种——他只需花点时间翻翻记录，便可用作参照。

特别是对于一个年轻人来说，最难认识到的事情之一就是我们的祖先确实知道许多事，他们甚至可以说是真正拥有大智慧的人。事实上，他们对人类的了解和我们现代人一样广泛而深刻，对于这一点我并不感到惊讶。每一代人忘记的是，虽然用于描述思想的词语总是在变化，但思想本身并没有随之迅速改变，这些思想从任何一个层面上看，也都不是全新的。

如果我们不留意文字和书籍，我们可能会变成一个孤陋寡闻的发明家，在对早期实验一无所知的情况下，用过时的观念试图制造永动机，然后惊讶于它居然不运转。如果我们把注意力完全局限于当下的潮流——也就是说，如果我们只关注现代文学——我们就会把重蹈覆辙的社会看作正在进步。在这两种情况下，我们都可能一叶障目，更严重的是，欺瞒自己的同时也欺瞒了他人。因此，要想建立起良性的个人爱好，除了娱乐消遣之外，最好偶尔关注一些不同时期的民族文学。我强调的是各个时期，因为只有当人们读到很久以前的人所写的东西时，才会意识到我们的时代多么需要那些古老的智慧。

大约一千五百年前，一些早期的盎格鲁－撒克逊作家看到或听说过（我想，在那些日子里人们所写的都是亲眼所见的内容）一座古老的罗马古城的废墟。这座古城的一半埋藏在地下，其余的遗迹在英格兰南部的丛林里；它的墙壁破裂后坍塌了，屋顶的瓷砖早已剥落，塔楼部分已经倒塌了，所有豪华的浴场和加热装置都暴露在外。某个作家开始怀疑那些建造这些辉煌宫殿的人，他说：

土地牢牢攫住

孔武有力的工匠

破败不堪；满目荒凉

被收归墓地。

然后他想到了那个第一次下令建造此地的伟人——最有可能是一位罗马长官——他刻画了他的外貌：

> 华丽的金光，
> 奢侈的宝石，
> 轻蔑而微醺，
> 光亮的盔甲。

随着这首诗的继续，我们几乎能看到盎格鲁－撒克逊猎人或突袭者的队伍。他们已经爬过灌木丛，站着从腿中挑出荆棘刺，面前是这个伟大神秘的死城。当他们看到古老的罗马浴场的所有设施时，这群又脏又热的男人只有一个想法：

> 那儿有座石头堆砌的庭院。
> 热热的蒸汽冒了出来，
> 丰沛的水流，
> 在围墙里。
> 有一个浴场

热热的洗澡水。

真是上天的恩赐！

整个事情听上去就像今天晚报上的新闻——但更富有奇趣，表述简单直白，这在现代作品中并不常见。

我还有另一个例子。大约五百年前，乔叟写了一首关于一个人如何管理自己生活的诗。它的最后一节——全诗共有三节——是：

你从生活当中收获了苦难

（永远感激生命的礼物）

在这个世界的挣扎生存难免跌倒。

这里没有家——只有荒野：

去朝圣吧——去直面路途上的野兽！

仰望高高的天空，感谢上帝给予的一切。

克制你的私欲，让你的灵魂引导你

（那意味着你要把握自己的命运并相信你灵魂的指引）

不要害怕，你只需传递真理。

这几句诗确实揭示了生活中一些重要的事实。

最后一个例子。沃尔特·罗利爵士在他辉煌的职业生涯中，用心记录了他的一些观点——如果将来你的工作是为海岸的防御港口建立堡垒，你也会下笔记录的。他的实际经验告诉他——我们也是直到几年前才意识到这一点的——仅仅是陆地上的堡垒不足以维持有效的防御或封锁，除非有船只的支持。他是这么说的。但他并没有像你我那样表述（出于一些令人费解的原因，伊丽莎白时代的人崇尚优美的散文，要是写不出来就不会动笔）。所以他这样写下了他的理由和经验：

"在这个时代，只要有平稳的浪潮和有利的风向相助，一个勇敢而明智的军人绝不畏缩，哪怕是要强行通过设计最精良的欧洲堡垒。不，即便有四十个勇猛的炮兵对他开火，并威胁着要把他撕成碎片，他也不会退缩。不久以前，帕尔马公爵围攻安特卫普，发现除了围城造成饥荒之外，没有其他办法占领它，于是他将大炮放在河岸上，这样至少船不可能通过。然而，荷兰人和西兰人到这里并不是为了打一场胜仗，而是为他们的黄油和奶酪找一个好销路——在安特卫普物价特别高，即使是穷人的一点消费也能使他们获利——他们驾驶的船载着十余个大桶，在一股猛烈的西风和潮水的帮助下，顺利通过了公爵的大炮。返程时伴着反向的风和退去的潮水，他们又全身而退。所以帕尔马公爵最终不得不开始在河上竖起栅栏，以防他们再找麻烦或发起冲锋。的确，当堡垒设计得如此精良，以至于没人能从它旁边经过，或者船只如果没有风和潮水的帮助也无法绕开它，那么在这样的地方，它就会很有用，也很可怕。否则它就没有用。"

在这里，我用三个不同的例子为你们展示了三个非现代文学的启示：第一个是观察经历过的具体事件，并将其储存成为思想的一部分；第二部分描述了一个人对自己灵魂如何指引行为的观想；第三个是一个实际的人处理实际问题的方案——一个纯粹靠智慧的例子。

很有可能当你读到这些文字时，这三个例子并不吸引你。无论如何，这都与个人性格有关：一个人不喜欢某类文学作品，就像他不喜欢吃某种食物一样，没什么可指责的。

你的选择实际上是无限的：对于我们英国文学来说，璀璨的瑰宝散布在历史发展的各个阶段，这种绮丽的景象令人震惊——就像在一个人的一生中，所到之处满眼珠宝，处处华丽耀眼。但我们用上的并不多，这是很自然的事。如果那些经典文学中的知识、慎思、远虑和所有美德都能花上七便士买到，我们每个人早就成为一个个极度完美的天使了。我们仍然比天使稍逊一筹。尽管如此，如果我们明智地选择读物，就能在一定程度上免受麻烦的侵扰。即便我们遇到麻烦，正如我们确信的那样，阅读可以教会我们如何正确地摆脱它。

此外，我还有一个与书面文字无直接关系的例子，它展示了获得另一个人的经验并付诸实践带来的非凡价值。我前段时间与一位最伟大的将军谈话，他告诉我，大约十七岁时，他第一次到印度。作为炮兵的中尉，他被派到了白沙瓦，这里也是他父亲所在的指挥部。前不久，他父亲曾在一次大型边疆战役中指挥过一支旅，委婉地说，这场战役的结果并不理想。负责这次行动的将军占领了一个城镇，将武器放在一个地方，将他的草料和其他物品放在另一个地方，并试图让他率领的部队占据更多的领地。然后国民发起了反抗，发生了一系列令人遗憾的惨案。（我一直认为这件事引发了印度的暴动。）唉，你可以想象，坐在他父亲桌子边的年轻中尉一定听说过这场失败的行动，他父亲的战友们进行过详尽的讨论——他们大多是50年代早期抽水烟筒的那批少校和上校。而且你可以想象到，他们在谈话中扔给这个年轻人一句话："看吧，年轻人，如果你曾经陷入这样一个困境，那么你应该怎么怎么做。"

多年以后，这个年轻的炮兵中尉成为指挥一支军队的将军，他发现自己又处在了同一个城市、同一个地方，面临着和他年轻时听到的那场战役几乎完全相同的条件。当初参加过那场战役的前辈曾给了他不少建议。他告诉我接下来发生的事：

"那些回忆历历在目。我把枪、草料和口粮都集中放在近处；而且我非常谨慎，不急于扩张根据地。我很从容地安顿下来，然后给印度政府发了一份电报，告诉他们我能坚守多长时间——而这就是故事的全部。"

当然还有更多的原因——有他自己的才智——你可以看到他在青年时代获得知识的巨大优势。没错，这是通过继承得来的知识——比他能从书中得到的任何信息更可信，更有说服力。

这件事的启示和之前一直在谈论的内容是一致的。

如果一个人用清晰的头脑来阅读，他可能会在某种程度上成为伟人的精神后裔，而这种精神上的继承关系，有助于将一个人的才智引领到正确的方向，尤其是在面临巨大的危机时；或者，这种关系可以阻止他在漫长的倦怠期随波逐流；也可以这么说，我们只是做好自我的防守，即便没有球向我们飞来。

你做过那种关于未来的奇怪的梦吗，半梦半醒的状态，就像没有文字的故事，讲的是我们以后打算做的事？它们在我们所选择的道路上，渐渐显现出成功事业的光明愿景：我们站在世界之巅，终于认识到自己是多么出色的人，然后，我们原谅了所有的敌人，让他们心悦诚服——无论梦到自己是总督、立法者、战场上的元帅，还是正做着微不足道小事的普通人，我们都会醒来！有时，梦想成真是有窍门的。一个人确实取得了一些与众不同的东西，发现自己背负着巨大的责任，并期望发挥新的作用。好吧，那正是他应该从高贵书籍中汲取知识和力量的时候，这样，任何事情之于他都不会成为压倒性的灾难或无法承受的挫折。为了做到这一点，为了保持他的灵魂能适应所有机遇，一个人应该时常把他的灵魂，在某些时候（这个没有必要告诉每个人），和那些最优秀、最懂均衡之道、最宏大、最精致、最值得尊敬和最有实力的伟人联系起来。这听上去可能有些势利，但是一个人应该学会在伟大的书籍中结识"对"的人，他们将向你揭示世界的真实奥义。人们会告诉你，一个可以突然获得力量和荣耀的日子一去不返了。别信他们！机会仍可能突然出现，而且只为你停留一分钟。一个人的上级可能会突然去世，并暂时安排他接任，管理相当于法国一半面积的地域，一千万人口。就在早餐和午餐之间的短短时间内，一场洪水、暴雨和疾病的突发都可能瞬间改变一个人的地位、观点和责任。一个人永远不会知道命运的安排，但应该随时为此做好准备。我很少见到二十出头的男人能牢牢抓住这样的机会。

有一个例子，我当时碰巧在布隆方丹，当时刚刚发生了一次名为"萨纳邮报事件"的惨剧。我们在一次伏击中失去了五六百人和一些枪。事情发生几个小时后，我遇到了一名幸存者。他在这场失败的战役中表现非常出色，而且他已经全身而退，就像经历了一场非常紧张的足球比赛的后半场一样。他的衣服被扯得破破烂烂，但他的心态很好。在他告诉我他的故事后，我问他："我们该怎么办呢？"他说："哦，我不知道。'感谢上帝，我们拥有的土地比他们的好上五百倍'。"

然后他去向上级报告，看看自己是否能够进入支援部队，重返战场。在我遇见他之前半小时，我看到一位焦虑的绅士沿着草地鞭打他的马，他告诉我"英国军队被打得落花流水"。这两个男人的表现截然不同，一个极度焦虑，另一个极度兴奋。其中一个人淡定地从古老的"塞维·蔡斯"民谣中引用了一句话，并继续他的工作。另一个人怨声载道，喊叫出来的话和小报标题一个水准，而且，根据他行进的速度来判断，我认为那天晚上他来不及归队。

这让我想到，你会在读书时发现无比沉闷的内容。

我已经说过，一个人最好要对经典作品有所涉猎。我不懂希腊语。我关于希腊语的记忆停留在幼年，星期一吃早餐前，在煤气灯旁的希腊语《圣经》，我所有的希腊语都是在婴儿床边学的。我会一点拉丁语，能够读维吉尔和贺拉斯——特别是贺拉斯。我不会假装我喜欢他的作品，就像我对所有说教的书的态度一样，现在回头看它，我觉得他的书很有价值。我相信一个人在年轻时阅读经典之作的重要性，就算他的长辈（但我不认为长者的观点就代表权威）看不到什么显而易见的效果。人们说，我们现在想要的是一种现代化、科学化的教育——这种教育对于将迎接"人生战斗"的人来说意义非凡。他们说，你可以用几个学期教一个十二岁的孩子拉丁文，就像普通公立学校男生在七年内学到的成果一样；其余的时间可以让他学习现代语言和科学，以及对他来说十分有用的东西。我毫不怀疑你能做到。任何十二岁的孩子都可以在短时间内完成一座希腊式雕塑，而同样的时间里，世界上最聪明的艺术家还在思索如何下手。任何一个预科学校的聪明学生都可以用两学期来弄懂二十或三十个公式，记住一半拉丁语格言（它们代表了我们大部分人毕业时的学习成果）。我认识一个比这更优秀的人。

他是一位出色的希腊学者，在学校和大学期间获得了所有奖学金和金质奖章，二十五岁之前被任命为自己大学的讲师。然后他拜访了一位哲学学者。老人问了他一些礼貌的问题。然后，老人说："你当然知道柏拉图。"我的朋友以一种谦逊的方式表示，他认为他确实了解。他潜意识里有一个想法：自己比同时代的大多数人都更了解柏拉图。"好吧，"老人说，"他主要讲了些什么？"

我的朋友稍微挠了挠头。然后，他慢慢地恍然大悟，他确实不知道柏拉图到底都说了些什么。他几乎知道与柏拉图有关的所有东西，但粗略地说，柏拉图所追求的是什么，柏拉图活着的目的是什么，我的朋友不知道。然后他坐下来开始思考有关柏拉图的全部内容。他至今还在想。

我认为，如果我的朋友没有回过头去思考，那他可能会和现在那些十二岁的聪明孩子没什么区别。眼下他会比我们更准确地知道那些格言出处，但我怀疑他是否真懂得每一句的内涵。那些文字并没有在七年间和他融为一体，成为他思想系统的一部分。它们无法自然而然地回到他的脑海，而它们承载的精神就更不可能了。

我非常重视一些古老拉丁语格言的内在含义。它们中的一些不超过三行，却能从本质上教会一个人应该尝试做的事。其他的文字同样简短，却能让你一劳永逸地理解一个人在任何情况下都不应该做的事情。还有一些——来自贺拉斯的颂歌，我碰巧读过——让人们在以后的生活中意识到，除了拉丁语，没有其他语言能够刻画在苦难和悲剧中显现的手足情谊。也有人说，人们可以用更简单的方式和现代的语言来表述同样的含义。他们说，年复一年地让人在语法和注释上纠结，没有任何意义，最终他们所能生产（"生产"真是个恰当词）的一切，只会让维吉尔、贺拉斯或西塞罗气得从坟墓里爬出来。我不认同阅读注释是在浪费时间，以下是我的辩词：人们之所以必须对表达某些想法的古语进行分析、解释和研究，不是为了磨炼自己的智力——这可以通过其他方式实现——而是只有通过原始的语言，才能将原作者的观点完美地呈现。如果不是这样的话，贺拉斯的颂歌就不会流传至今了。（保存下这些难懂的书并不是人们的阴谋。）我承认，学校提供的翻译与秃顶的译者本人一样糟糕。他们必然会如此，因为没有人能重新表达一个已经被完美阐述的观点。（顺便提一下，人们试图在《圣经》的修订版中这样做，他们没能成功。）然而，通过努力钻研去了解那个特定的语言机制，将碎片再次组合起来，这也是唯一的方法。由此我们可以达到一种状态：虽然我们不能用任何适当的文字重新表达这个观点，但我们可以认识、感受和吸纳这个观点。这么说吧，没有人能把板球打得像兰时一样好。但要学会欣赏兰时的比赛，从中获取足够的知识以改善自己，你就必须得亲自打上两学期的板球。

我们的祖先不是傻子。他们知道我们在这方面有遗忘的风险——我们现在的生活背景、法律、民政、行为准则、正义条款、科学守则、政府价值，仍在古希腊和古罗马（人类文明的父亲和母亲）永恒的围墙之内。因此，在他们的孩子长大成人之前，他们教会他不应该只是接受，还要通过他的认知系统（如果必要的话需要穿透皮表）来吸纳古希腊和古罗马人的智慧。后来，他们知道并自己发现，那种精神在过去和现在是多么重要，并且今日仍然存在。

前段时间，我有幸见到了一位包揽大部分帝国要务的政治家。他是一个老人，在旧学校接受过教育，在谈到这个问题时，他说了这样的话："我在学校和大学里学到的一切就是，我发现曾经有一些人，他们讲的不是我们的语言，他们非常擅长祭祀和宗教仪式，尤其是在用餐时；他们的神和我们的不同，他们对如何处理死者有严格的规则。嗯，你知道，如果你有一天不得不管理印度这个国家，那些知识很有价值。"

我从来没有打理过国家政务，但我完全赞同他。

对经典有一定的了解是很有价值的，因为它让你意识到，世界的方方面面都和我们自己不一样，但在真正触及人的内心生活的方面，那些标准和目的并没有改变。

我应该为我的态度道歉，为花了这么长时间解释它而道歉。我们现在将重新平复心态来审视这个问题。我向你保证，除非一个人真的想了解文学，否则文学是无法教授给他的。碎片化的和有时代性的文学作品可以借助注释来学习，但是，谢天谢地，这已经是可能发生的最不容易的情况了。

最好不要为别人推荐书籍，哪怕是最经典的书籍，除非你对他各个方面都极为了解。如果一个人热衷于阅读，我认为他应该向一个更了解他和他的生活的长者敞开心扉，并在选书这件事上接受其建议。最重要的是，一起讨论他感兴趣的第一本书。

这个想法只适用于所谓的经典作家（这只是我自己的理论，我不知道它对你是否适用），比如伊丽莎白时代的剧作家。不要害怕新潮的文学。要记住，所有经典的东西，在过去和现在都一样崭新和非凡。

但是有些东西是无法与任何人讨论的，如果这样做了就会觉得不对劲了。我们有时候情绪低落，感到抑郁和绝望，或只是精神不振——为方便起见，我们称之为肝火或闷气。就我的经验而言，这其实就是一个人特别容易受书籍影响的时候，也是容易受其他任何外部影响的时候；而且，这种时候他也会本能地排斥那些耗费脑力、让情绪大起大落的东西。那么，避开那些你自认为或公认是经典杰作的书籍吧，是时候重新回到那些基调和文风稳定的书上了，它们能够暂时缓解你的愁苦。一个了解你和你的生活的人，可能会推荐一本这样的书。你可以问问他。

当你处于这种情绪时要小心的是，一旦它消除了就要从它走出来，不要仅仅因为那些书顺应了你的情绪，或者填补了你的空虚，就继续抱着它们遐思，止步不前。确实有过一些伟大的梦想家为世界赢得了伟大的成就，但对于每个有着善良至少是无害梦想的梦想家来说，成千上万的梦想只会成为对自己的阻碍、对家人的折磨，以及对他人的滋扰。无节制地阅读书籍和过度用药一样危险。有一种书——很遗憾是现代作品——就像佩克斯列夫先生不会谈到塞壬，当一个人的思维有些不正常时，要躲开这种书。一个人偶然在报纸上读到的消息，一个大胆的十岁孩子，带上刀子和七个半便士逃跑，变成了一个恶魔司机，用套索和枪残杀印第安人和牛仔，然后被警察带上法庭，痛哭流涕。而且，地方法官说这是阅读《戴德伍德·迪克》或《死亡峡谷》导致的悲惨结果。人们很难发现，有大量现代的东西，实际上只不过是伪装过后的"戴德伍德·迪克"和硬币，来迎合现代人的品位。它们充斥着人们的思想（这也是它们的本意），注入许多模糊和空洞的观念，使人们相信，自己可以创造奇迹或使自己的同胞受益（这是现在的时尚）。这无须任何训练或设备，只要有一种想要震惊世界的欲望，以展现自己的独一无二——就像带着小刀和硬币的孩子一样。你不太可能会对这些流行书有太多了解，如果你已经有所了解，在你阅读它们之前，请注意那些讨论它们并向你推荐的人，究竟是哪种人。如果他们给你留下的印象是十分亲近的人，或者说，是你在遇见麻烦时会去求助的人，那就读读看吧。否则，正如沃尔特·罗利爵士所说的——"否则，不要"。

你们中的很多人将会进入社会，那时你会发现，作为人们好意相称的"脑力劳动"者，你必须比其他大多数同类更认真、更仔细、更迅速地思考。更认真是因为你思考的是人类，而非书籍；更仔细是因为你的思考结果可能会每天反复落实到行动上，这些行动也许会影响人的生活和利益；更迅速是因为，你必须随机应变，根据情况即刻调整计划，即使你最终没有铸成大错。此外，你还得通过言语和文字来表达你的想法、愿望、命令，要表达得比一般的文人更明晰，偏偏周围的环境又妨碍着你，让你不能清楚地思考，不能轻松地写下文字。指挥官若不能有效地进行书面表达（不是口头表达），比缺乏手下更为糟糕。运气好的话，你总能从医院或军队召集来一批人；如若你没有合适的言辞来陈述情况，导致送出的报告无人能懂，那么半个小时之内就会损失千人。所以你得有合适的文字，还有使用文字的基本能力。而语言文字来自文学——即使你不需要把文学用于其他方面。

服务于军队的人知道，尽管有飞机，对于山的另一边发生了什么，多数时候还是靠猜测；不仅是战争，生活亦然。若读过《绿色曲线》这本精彩的书，你就会知道，应该懂得推测与你背道而驰的人的思维。不论是在生活中，还是在军队里，你都要学着这么做。

好吧，有一半的文学作品被放在球场无人问津的地方，其余部分则记录了那些命运、生活或环境击出的球，在某一时刻击中了一些悲惨或快乐的人，以及他们是如何应对的。生命太短暂，无法捕捉每一个人的生活记录，但是，我们可以通过日常训练、结识优秀的人、吸取我们非常有限的经验来获得所需的帮助。此外，我们可以从书本中了解一些普遍的、基本的观点来指导我们，看清楚在生活这场竞赛中，最优秀的运动员是如何取胜的。

1851

书本与阅读

何以弃书，谁能弃书

阿图尔·叔本华
Arthur Schopenhauer

—

为愚人写作的作家总是不缺读者。

我们为什么读书？我们该怎么读？读书太多不好吗？阿图尔·叔本华（1788—1860），德国哲学家，著有《作为意志和表象的世界》，悲观主义哲学的代表，形而上学唯意志论的创始人。他并没有受到广泛的认可——伯特兰·罗素[1]评价他说："除了对动物十分友好之外，在生活中很难发现他有什么美德。"但列夫·托尔斯泰对他印象深刻，玛丽莲·梦露对他也很有兴趣，藏有一本欧文·埃德曼的《叔本华哲学》。

叔本华十分热衷读书，他的母亲约翰娜是19世纪初德国最著名的女作家之一，主理着一个极具声望的文学沙龙。在他的文章《书本与阅读》中，他无情地谴责了坏书的影响——"那些文学界的杂草，汲取玉米的养分，并害死了它们"，并谈到了不值得读的书，以及重读一些书的价值。叔本华最喜欢的是古梵语的《奥

---

1 伯特兰·罗素（1872—1970）：英国哲学家、数学家、逻辑学家、历史学家、文学家，分析哲学的主要创始人，世界和平运动的倡导者和组织者。主要作品有《西方哲学史》《哲学问题》《心的分析》《物的分析》等。1950年获诺贝尔文学奖。

义书》和巴尔塔萨·格拉西安 17 世纪的警句书《智慧书》，他还将西班牙语的原文翻译成了德语。

无知只有和达官贵人结伴，才显得不体面。穷人受到贫困和匮乏的束缚：劳动取代知识，占据了他的思想。但是那些无知的富人只为自己的欲望而生活，就像野外的猛兽。屡见不鲜的场景是：财富和闲暇是他们最大的价值所在，但他们却没有好好利用这价值，便可能会因此受到指责。

当我们读书时，其实有另一个人为我们思考：我们只是在重复他的心理活动。就如同学习写字时，学生用钢笔临摹老师事先用铅笔勾勒的轮廓；所以在阅读中，大部分思想工作已经被人完成了。这就是为什么在我们的脑袋被自我的想法占据后，拿起一本书来读反倒十分轻松惬意。事实上，在阅读中，读者的头脑只是他人思想的操场。因此，如果有人几乎整天的时间都在读书，放松心态，清空思绪，那么他就会逐渐失去思考的能力，就像一个总是骑马的人，最后忘记了如何走路。许多有学问的人就是这样：他们越读越蠢。把所有的闲暇时间用来读书，除了阅读之外什么都不做，脑袋比从事体力劳动时更加麻痹，因为从事体力劳动的人至少能够专注工作并遵循自己的想法。一根弹簧若是永远被压住，最终会失去弹性；同样，如果一个人不断地被强加他人的思想，那么他的头脑也会像那根弹簧一样。正如摄取过多的营养会伤害胃部，进而损害整个身体，精神上的营养过剩，会扼杀独立的思想与灵魂。你阅读得越多，那些读过的书留下的痕迹就越少：思维犹如便笺本，一遍又一遍划去又写上。没有时间深入思考，也无法透彻理解所读到的内容。如果你长此以往地读着书，却让自己的思维停止运作，那么这些内容无法触及思想深处，并且通常会丢失。事实上，精神和身体都需要养分。如果连吃五顿饭，营养是没办法被吸收的，这些养分要么蒸发掉，要么随呼吸流散。

所有这一切的结果是，写在纸上的想法，只不过是沙子上的脚印：你看到有人走了过去，若想知道他在走路时看见了什么，你需要的是他的眼睛。

单纯阅读某一流派的作家，无法习得他们的写作风格：说服力、想象力、类比的天赋、胆识、讽刺、简洁、优雅、流畅、智慧、新颖的对照、简洁而质朴的文风。如果这些品质根植于我们自身存在，也就是说，潜在地存在，我们就可以召唤它们并将它们带入自我意识；我们可以了解它们的效用；我们可以提升运用它们的志气和勇气；我们可以通过实例来判断实践的效果，从而正确地使用它们。当然，只有当我们真正做到这些时，我们才真正拥有这些品质。阅读之所以能塑造写作风格，是因为我们能够习得如何使用自己的天赋。在我们开始学习如何使用之前，我们必须拥有这些天赋。如果缺少天赋，阅读只会教会我们一些冰冷僵硬的风格模式，并使我们成为粗陋的模仿者。

正如那些古老的物种能够持续留存在地球上，图书馆书架上的一系列书籍也存储并公开记载着过去的愚昧。像那些古生物一样，它们也曾在某个时代充满了生命力，并且产生了很大影响。现在，它们板硬而僵化，仅能引起文绉绉的古生物学家的一点兴趣。

希罗多德谈到，薛西斯一看到他的军队便落下泪来，那浩浩荡荡的队伍望不见尾，而他想到所有这些，一百年后，一个都不剩了。在浏览海量的新书时，读者可能一想到十年后没有一本会被记住，也会落下相同的泪水吧。

文学和生活一样：无论你走到哪里，你都会读到一些磕磕绊绊的作品，净是屡教不改的乌合之众，四处涌动，破坏一切，有如夏天的苍蝇。因此，没有人可以数清有多少低劣的书籍，那些文学界的杂草，汲取玉米的养分，并害死了它们。公众的时间、金钱和注意力，应当花在优质书籍和崇高思想上，而不是那些劣书，它们的目的只是为了赚钱或谋职。所以劣书不仅无用，简直是祸端。我们现在十分之九的书籍别无他用，只为从公众的口袋中巧取几块钱罢了。为了达到这一目的，作家、出版商和评论家沆瀣一气。

这让我想起文学家、代笔作者和大批作家都采用过的一个狡猾而邪恶的手段，利润丰厚且屡试不爽。

他们完全不顾品位高低，无视当时的真实文化环境，他们成功地引导并训练时尚的人们去及时阅读，并且读的都是同样的东西，即最新的书，因为这是他们混迹的圈子里必要的谈资。这就是这些劣质小说追求的目标，而创作它们的作者也一度大获追捧，如斯宾德勒、布尔沃·利顿、尤金·苏。还有谁比这种环境下的读者更悲惨呢？他们总是不得不仔细阅读扑面而来的最新作品，而这些是极为平庸的作者只不过为钱而写的罢了，而且这批人还不在少数。出于这种原因，对于各个国家和历史时期的少数优秀作品，他们满足于只闻其名而已。阅读文艺类的报纸也狡猾地剥夺了大众的阅读时间。如果要提升文化涵养，人们应该专注于真正的文学作品，而不是平庸之人每天都在推出的拙劣作品。

因此，在阅读上懂得几分克制是非常重要的。这种克制的技巧在于，不要仅仅因为一本书风靡一时就盲目跟风，例如政治或宗教的小册子、小说、诗歌等，它们会引发争论，甚至，在它们面世的第一年，也是最后一年，被连续重版印刷。更确切地说，为愚人写作的作家总是不缺读者，所以要小心规划和限制你的阅读时间，用来读各个时代和国家的一些伟大作品，其中的思想深度是远超常人的，它们斐然的名声是当之无愧的。只有这些书才令人获益匪浅。那些劣书最好读得少之再少，而好书自然是多多益善。劣书是才智的毒药，能摧毁健康的心智。人们总是阅读新书，而忽略了那些传世珍品，所以那些作家眼界越发狭隘，因为他们只能被新时代的思想裹挟和湮没；因此，这个时代逐渐深陷自己挖就的泥潭。

在任何时代都有两种文学并存，并肩而行，但彼此所知甚少；一种是真正的文学，另一种犹如淤泥。前者蜕变成永恒的经典，它们被信仰科学或诗歌的人视若珍宝。这个过程稳健而静穆，但非常缓慢，欧洲在百年间也只孕育了十几部这样的作品，却世代相传。另一种文学的追捧者则是靠科学或诗歌谋生的人；这群乌合之众吵吵嚷嚷，呼啸而过，每年能往市场堆砌上千件作品。若干年后，有人会问它们现在在哪里，那些来得快的荣耀及由此产生的沸沸扬扬的追捧在哪里？这些劣作转瞬即逝，而另一种文学则是永久性的。

对于政治史，半个世纪是相当长的一段时间，其间总有变化因素在改变历史的进程，新的变化无时无刻不在浮现。但在文学史上，同一时期鲜有什么大的变动；除了小部分弄巧成拙的尝试，什么都没有发生。当下的文学和五十年前几乎一样。

为了解释这一点，我把人类知识的进步与行星运行的轨道进行类比。在每次重要进步之后，人类通常会误入歧途，就像在托勒密天体系统中，经过一个本轮之后，世界就回到了起初的入口。但在这一进程中，真正产生驱动力的伟大思想并不会一直停留在本轮上。这就解释了为什么一些人故去后声名大振，在其生活的时代却鲜有美名，反之亦然。关于本轮的一个例子是由费希特和谢林开始的哲学时代，黑格尔的讽刺使其达到圆满。这个本轮偏离了康德最初划定的哲学界限；那之后我再度开始研究它，以求进一步发展。在此期间，我所提到的那些伪哲学家和其他人经历了一个本轮，并且已走到尽头，所以，和他们同行的人很清楚他们正好处于前人出发的地方。

这解释了一个现象，为什么彰显时代精神的科学、文学和艺术作品每隔三十年左右就会有一批被宣称毫无价值。这一时期内时而出现的谬误已积累到如此程度，以至于其荒唐之处本身就足以引发其土崩瓦解，与此同时，与它们相反的优秀作品则也在积蓄着力量。颠覆就这样发生了，并且其后通常会跟随着一次相反方向的错误。这些周期性回归显示出的运动轨迹其实是文学史的真正内涵，然而很少有人关注它。此外，这些短时期的变化难以捕捉，导致要收集某一时代的数据十分困难，因此最便捷的方法是观察自己所处时代的变迁。物理科学研究也呈现出这种趋势，例如维尔纳的海王星地质学。

严格遵循上面引用的例子是我们最接近真相的方式。在德国哲学中，康德引领了哲学的辉煌时代，随后的哲学发展使人印象深刻，却不再令人信服。后续的发展并不完善和清晰，而是尺水丈波，令人眼花缭乱，甚至在某种程度上令人费解。这些哲学思考不是为了寻求真理，而是为了引起人们的兴趣。哲学不会以这种方式取得长足进展，最后整个学派及其研究方法都走向了灭亡。厚颜无耻的黑格尔和他的同伴迎来了这样的结局——无论是因为他们热衷谈论深奥的废话，或纯粹是放肆地自我膨胀，或因为这项体面的工作有着异常清晰的目标——最后，没有什么可以阻止这个骗局败露在大众眼前。曝光后的结果就是，他们登顶时的美誉一去不返，成果被公然嘲笑。包括费希特和谢林的哲学研究逐渐变得微不足道，这种悲惨遭遇将其拖入了声名狼藉的泥沼。因此，就德国哲学发展而言，其在康德时代过后的半个世纪走向了平庸。与外国人相比，德国人仍在夸耀他们的哲学天赋，尤其还有一位英国作家称他们为"一个思想者的国度"，现在看来这真是恶毒的讽刺。

从艺术史来看，本轮系统的另一个例子是上个世纪的贝尔尼尼雕塑流派，它尤其在法国得到了蓬勃发展。这个流派追求的理想不是古雅的美，而是平凡的本质。这代表了法国小步舞的风格，而非古代艺术的简约和优雅。

随后这个流派走向陨灭，因为在温克尔曼的引领下，时代的趋势又回归到了古典流派。而绘画史也在本世纪前二十五年印证了这一规律，当时艺术被视为中世纪宗教表达情感的手段和工具，其主题仅限于教会活动。然而，这些却被毫无真正信仰的画家推崇，他们盲从弗朗西斯科·弗朗西亚、彼得罗·佩鲁吉诺、安杰利克达·费埃索及类似的人，将他们抬高到比当时人们真正追随的大师还要高的地位。令人胆寒的是，诗歌流派中也出现了类似的发展趋势，歌德因此写下了他的寓言诗《教士游戏》。后来，这个流派也被评价为异想天开，并销声匿迹，随后回归了自然本质，囊括了各种生活场景和画面，尽管偶尔也会掺入庸俗的声音。

文学中人类思维的进步过程是相似的。文学史大部分都像是畸形博物馆的目录，其中保存得最好的是猪皮封面的书。外表从一开始就完好无缺的书在那里是找不到的。但它们不曾逝去，在世界随处可见，长生不朽，岁岁长青。这些就是我所提到的真实的文学，而它们所构成的文学史中，耀眼的作家屈指可数。我们从青年时期起就得到那些学养深厚的人的言传，直到出版物可以以书面形式为我们记录。

当下文学史阅读有种偏执倾向，即追求能在没有真才实学的情况下自由谈论任何事。作为对此的矫正，让我引用一段利希滕贝格的作品（第二卷，第302页），这段话值得细读。

"我相信，对科学史和学习史过于细致的研究，是我们这个时代的一个普遍特征，这对知识本身的进步是非常不利的。诚然，追溯这段历史带来了无限乐趣，然而事实上，它使得思想，虽不算空洞，但毫无内在力量，因为被填充得太满了。任何为了坚定思想，而非充实思想的人，为充分发挥他自己的才能和天赋，往往还想要增强自己的力量。人们会发现，没有什么比与所谓的文学家就知识本身这个话题交谈更感无力的事了，尽管他知道有关文学及其历史的上千个细节事件，却从未思考过这个话题本身。就像你在饿的时候读一本烹饪书一样。我相信所谓的文学史难以得到长足发展，因为真正有思想的人能够意识到自己的价值，知晓什么是真正的知识。这些人更倾向于实践自己的想法，而不是大费周章地去研究别人如何实践他们的想法。最糟糕的是，你会发现文学研究方向的知识越多，促进知识本身增长的力量就越少，唯一增强的不过是拥有知识的自豪感。比起真正拥有真才实学的人，这些人甚至认为他们拥有的知识水平更高。不证自明的是，知识永不会让它的拥有者感到自豪。而那些人自命不凡，无法通过自身扩展知识，竭力去除历史进程遗留下的盲点，或者能够重述别人的所作所为。他们妄自尊大，认为这是种机械性的职业，就是知识的实践。我本可以验证这一观点，但这将是个令人作呕的过程。"

尽管如此，我希望有人能去尝试研究一种文学的悲剧史，记录那些让各个国家引以为傲的作家和艺术家在生活中受到的待遇。这样的历史将展现无休止的冲突，在任何时候，任何国家都必须捍卫善良真诚的心灵，抵御乖张邪恶的侵袭。这将向我们展现几乎所有人文学科的引路人和艺术大师的殉道，将告诉我们，除了少数人外，他们如何被折磨致死，没有认可，没有同情，没有追随者；他们如何在贫穷和苦难中挣扎，遑论与之相对的名利、荣誉和财富；他们的命运如同以扫一样，当他在为父亲寻找鹿肉时，兄弟雅各借衣服佯装成他夺取了天赐之福。尽管如此，这些殉道者生前仍然热爱他们的工作并努力生活。直到最后，人文学科先师的艰苦奋斗结束了，直到捧起那不朽的桂冠，这个时刻就可以说：

重型盔甲长出了羽翼

痛苦转瞬即逝，快乐永无止境。

1890

论藏书

首相谈如何规划与收藏书籍

威廉·格拉德斯通

W. E. Gladstone

——

任何一本书都不应该被肆意搬弄或硬塞在书架某处。

英国前首相威廉·埃尔特·格拉德斯通（1809—1898）既是一名敏锐的读者，也是一位图书收藏家，他专注于图书馆和图书分类的重要性，于是在1890年写了一本具有开创性的图书管理手册。这本书现在在市面上非常少见，安妮·法迪曼在《我的藏书》中记录了自己在书店偶遇该书的惊喜之情，"如果你想认识威廉·格拉德斯通和维多利亚时代的英格兰，"她写道，"你想要知道的一切都包含在《论藏书》这本小小手册中。"据说格拉德斯通无论走到哪里都会随身携带一本书，根据他自己的估算，他所读过的书超过2万本，其中大约一半标有他的旁注。在下面节选的文章中他写道："在一个充满书籍的房间里，没有人会感到孤独。"

在伊顿公学念书期间，格拉德斯通就开始收集书本，这一习惯延续至他在牛津大学的学生时代，逛书店更是伴随他一生的爱好。到1889年，由于藏书数目巨大，他决定在威尔士的哈瓦登建立他的同名图书馆。他是英国唯一一位建立自己图书馆的首相，现在这座图书馆也提供酒店服务。格拉德斯通为图书馆提供了4万英镑和超过3万本私人藏书，其中许多书是他亲自用手推车从家里运到图书馆的。他写道："一个真正爱书之人，只要他一息尚存，怎么会放心将自己的藏书托付他人的书架呢？"现在这座图书馆的藏书量超过 20 万部，涵盖各类主题，包括格拉德斯通自己的书信。

施特劳斯在提及和他同时代的作家时说到（现在听上去似乎有点迂腐），过去那些不朽的学说，现在不再是颠扑不破的真理，因为人们已经发现了星星上居住的空间。他问道，现在还可以为这么多灵魂找到栖身之处吗？其次，根据目前对地球未来人口的估计，一些人已经开始对英格兰（甚至是英国）未来可能出现的状况感到忧惧，（例如）我们有七千万人口居住在这个国家，却要和美国的六亿或八亿人口 [1] 竞争。我们听说过有关人口膨胀对食物需求产生压力的原理；但

1　原文 six or eight hundred millions 指六亿或八亿，疑与当时实际情况不符。十九世纪末，美国人口或为七千余万。

每一个群体都在对空间施加压力，这一原理却鲜有人知。尽管如此，我想许多读者一定还记得圣约翰那句简单、天真又夸张的话，也许这代表了《新约》中某一类共通的思想："若是一一地都写出来，我想，所写的书就是世界也容不下了。"

一本书占据的空间比一个人小，即便是奥杜邦的书（我相信是目前所知的最大的书）；但就可用空间而言，比起人口数量我更担心书籍带给空间的压力。我们应该都还记得，并且格外清醒地意识到这点，一本书就像一个人，身体和灵魂沿袭着他的血统。它们并不总是彼此相称的。不，即使是同一类书目下的不同成员也不见得合唱高唱，当它们身受尊贵地位的约束时，甚至会声嘶力竭地辩论，这在《圣经》和祷告书中屡见不鲜，而印刷这些书的都是令人尊敬的熟练书匠，别无他人。重获新生的人能更真切地感知和适应环境；书籍的精美装帧出现时，人们饰以宝石、彩绘插画和精美的纤细画，在早期阶段这只是出现在书侧或边缘的艺术设计，后来其中的小幅肖像画逐渐融入现代化的微型设计美感。因为我们需要日益谨慎地考虑未来的开放式图书交易以及无限的市场需求。我们不应用平庸和低廉的方式印刷高尚的作品，我们应该具备这样的直觉，这种廉价感显然是不合时宜的。书籍的装帧是它迈向世界舞台的礼服。纸张、字体和墨水是其身体，也是其灵魂栖居之所。而这三位一体的灵魂、身体和外衣，应该根据和谐的美感和高雅的品味来相互调整。

书籍的数量正以几何级数增长。极为引人注目的是，我所谈到的英国市场上虽有大量的廉价作品，它们被出版社称作"上市新书"，大部分价格高昂，因此原本的购书者已经流失，留下的买家屈指可数，因而这些书的有效流通依赖于图书馆的流转系统。它们大多不是书籍的分销商或所有者，它们通过共同分摊成本来缓解高昂书价带来的压力，然后以大幅折扣出售成色尚佳的书本。在我看来，这种情况主要是受限于现有的版权法，可能这也证实了某种讽刺性（或并不真实）的言论，即在经济形势艰难或社会压力较大时，最先受到冲击的是慈善事业，其次是图书行业。

我认为，博德利图书馆[1]每年的新增书约为2万册；大英博物馆则有4万，包括各种簿录。假设其中四分之三是书籍，并且平均每本书需要一英寸的书架空间，那么单个图书馆每两年就需要近一英里的新书架。无论目前的增长率如何，这个数字只会低于未来潜在的涨速。问题的关键有赖于英国和美国的共同努力。在这个问题上，这两个国家的责任不小。英国和美国拥有广袤而宜居的领土、统一的语言，作为世界的主角，它们必须有所作为。当英国和美国共同融入同一个图书市场；当人们认识到他们的资质和理想都卓越不凡，而仅有的报酬仅仅来自交易；当人为的限制逐渐解除，印刷厂、出版商和作者都能受益于管理规范的商业环境，在这之前请留心那些沉重的书架，以免地板和墙壁破裂和崩塌。

一方面，很明显，随着事物不断地迭变更新，未来的专业化分支会越来越多。专业化意味着分工；细

1 　博德利图书馆：牛津大学总图书馆，其历史可追溯到14世纪，是英国第二大图书馆，馆藏数量仅次于大英图书馆。

分劳动的执行应该更完整、更精确。因而我们需要低头思考不可避免的问题，百科全书式的学习时代一去不返。也许可以说，随着莱布尼茨的出现，太阳落山了。但是，一叶障目的知识容量是危险的，尤其当人们忘记那只是一片叶子的时候。零星的知识吞噬自我提升的内力，自恃局限的知识为无上荣耀，这种傲慢无礼的行为应该受到谴责，但这些知识在某一领域中仍享有盛誉，无论如何，它更接近自命不凡的一知半解罢了。

我们的前景十分广阔但也令人忧虑，不知是好是坏。如果结局是好的，即便我们有失误，也远远好过不幸的结局。书籍不需要我的悼词，西塞罗和麦考利已为它们镀上金光。书籍是逝者的声音，是与另一个世界的庞大群体交流的主要工具。书籍是人类思想的盟友，同时又在某种意义上与世界为敌。至少，这些作品处在我们对生活的三重追求的较高两级。在一个充满书籍的房间里，没有人会感到孤独。书籍是人类最好的朋友，是连接种群的纽带和铆钉，从人们第一次在巴比伦和亚述的石板上刻字开始，到小亚细亚的岩石、埃及的纪念碑，再到皮克林先生和弗罗德先生那些镶着宝石的典籍。

实际上，要为未来的图书馆分区十分困难。回顾过去的情景也确实令人动容。因为从长远来看，身体与灵魂的历史不能分离。我评论过曾经去过现已不复存在的一些图书馆，对此也并无歉意。

我们能够估算出存储在史前帝国书库中的书籍数量，这样的时候即将到来。就目前情况而言，即使是伟大的亚历山大图书馆也不能明确估算有多少书被纳入公共知识领域，但有一点很清楚，这些书的总量至少有数十万。历史上书的形式经历了许多变化，如今书籍的外观让我们在与过去人的对比中更有优势。书籍外封上的标题具有象征性和表意性，羊皮纸则无法做到这一点。事实证明，在罗马时代奴隶制曾服务于一个系统，在这个系统中，书籍在一个房间里成倍地被复制，一个人负责大声朗读，其他人同时进行记录，这样生产出的书籍成本相对便宜。就像贺拉斯描述的一样，如果不是这样生产书籍，它就不会成为杂货商眼中的定期战利品之一。许多调查显示，令人悲伤的是，在这一时期书籍的繁荣后，西方国家至少经过了一千多年的书荒。即使考虑到所有的可能性，也很难想象荷马在意大利的所有手稿，无人知晓是否有个人在修道院里读过其中一张羊皮纸或纸莎草纸，甚至其中有但丁、托马斯·阿奎那这样的巨匠，他们中的第一个人毫无疑问掌握了属于他那个时代的所有知识。此后西方的图书馆由查理大帝和其他人建立起来。我们得知阿尔昆[1]上书这位伟大的君主时，对英格兰这座珍贵的图书馆表达了真切的向往之情。被我数次引用的爱德华兹先生在 1365 年提到，法国的查理五世就是一位手稿收藏家。然而大约在十年前，国家图书馆馆长告诉我，法国国王约翰收集了 1200 份手稿，这在当时被收藏在一座巨大的图书馆里，如今其中一部分是这位馆长悉心照料的珍宝。在十六世纪，美第奇家族[2]

---

1 阿尔昆（约公元 736—804）：英国学者，原为约克郡的一位僧侣。他曾被法兰克王国的查理大帝请到宫廷中，委以帝国的教育改组事宜。他劝导查理大帝在宫廷中设置学校，也就是巴黎大学的前身。阿尔昆为在中世纪普及数学教育做出了重要贡献。

2 美第奇家族：意大利佛罗伦萨著名家族，1434 年在佛罗伦萨建立僭主统治，在欧洲文艺复兴中起到了非常关键的作用。

的玛丽，似乎不及国王有精力，只积累了5800册左右。此前，她将其中一些珍本赠予了牛津大学的大学图书馆。现在回想起来，真正让我们羞愧和愤慨的是，那座图书馆在爱德华六世幼年时，被他的大臣以宗教改革的名义大肆掠夺和无情摧毁。因此，私人享有了新图书馆的命名权，也就是慷慨的托马斯·博德利爵士，世界上最著名的图书馆随后以他的名字命名。有趣的是，市政机构也值得被嘉奖，因为当时不仅修道院和君主藏有一些图书，而且在1419年艾克斯市议会为一座公共图书馆购置了书籍。

恶行昭著的路易十四，至少做过这么一件好事，皇家图书馆于两个世纪前在巴黎落成，而他将馆藏扩展至7万册。1791年，得益于法国大革命，馆藏达到了15万册。1837年，帕尼兹出任馆长时，大英博物馆藏书只有11.5万。19年后，他留下了56万藏书。现在这个数字又增加了一倍以上。他凭借中央四边形——在那时只不过是一片沙地——的巧妙布局，在他任职期间，拓展了120万卷的藏品。纵然这些发展空间巨大无比，可怕的是它们正在被快速占据和吞噬。

这就是图书馆辉煌而贪婪的扩张，它像冥王哈迪斯一样张开巨颚，迅速威胁书架将古物驱逐出去，并把它们挪到合适的地方。

在这样一篇文章中，这种对历史的草草回望只是为了一点点推进读者的思考，提高读者对即将到来时代的预期，并且让他们准备好迎接一些低调实际的建议。这一过程正如瞳孔逐渐放大一般，所以我现在重回主线。国家图书馆的花费是无止境的，但并不是所有的公共图书馆都是国家图书馆，甚至私人图书馆的现状也变得严峻。这些收藏家对藏书有着不懈的热情，但这种热情面临着困境与限制，因为他们还得考虑资产负债表上的数字。

对于顾虑最多的购书人来说，最后一步往往也是支付书商的账单，但这只是最常见的想法罢了。付款这一行为并不是最后一步，而是一系列活动的一个起点。如果我们希望给这本书与其内容一样长久的保存期限，那么第一件事就是要装订好它。所以，在半个世纪前至少有一个人也曾这样认为。我不理解的是，虽然大多书籍价格在降低，至少在英格兰，装订却越来越贵了，因而很少有人能负担得起。所以，我们不得不宽慰自己，退而求其次采用布面装订（我担心它们身处一众装帧浮夸的书籍里，会失去朴实的本质）。那么，一本书无论装订与否，都必须放进书柜里。书柜必须放在房子里。房子必须有人看守。图书馆肯定会有灰尘，必须有人清洁，有人分类。多么辛劳的工作，但乐趣满满！事实是，在英国的一个王室宅邸中，成千上万的书籍混杂在一起，比煤炭堆还乱，甚至成套的书籍还要忍受骨肉分离的惨剧。毫无疑问，一个人若想要读本书，还得看运气，因为他从书架上拿到的不一定是书。他找不到特定的某本书，读到哪一本纯属意外。

这就是未来的趋势，我们该如何处理我们的书籍？难道我们要像萨宾人[1]用盾牌埋住塔尔皮亚女巫一样用书把人埋起来吗？对藏书的要求日益严格，我们甚至产生了憎恶，是否应该放弃一部分呢（更坏的情况是许多人会留下最无价值的一部分）？我们要卖掉它们或胡乱丢弃吗？看到伟大人物的书被残忍无情地

---

[1] 萨宾人：古代意大利中部一民族，公元前 3 世纪被罗马征服。

丢弃，七零八落，是多么痛苦的事啊。不言自明的是，买书之人一定是爱书之人，他的爱是持久的，而不是暂时的，他的问题是如何最好地保存他的书。

一些基本条件不必再提，此外，建筑应该干净通风、光线充足。而且我着手处理那些麻烦事，努力解决他们的问题，协调他们的困难，把一列列书按次序排好。我也坦率地承认，摆在我们面前的不是困难与简易的选择，而是一种困难和另一种困难的选择。据我所知，我们收藏书籍时需要考虑三件事：经济支出、排列的规范性和查阅的便利度。

在私人图书馆中，书籍服务通常由用书人来提供，这些书会根据主题进行分类和摆放。如果提供服务的是服务员或仆人，情况可能完全不同。眼睛为心灵带来的帮助是巨大的，在某个图书馆有限的范围内可以查看某一主题下的所有书籍，并且可以在某块地方一并阅读它们，而不是通过漫长的搜寻来一本本积累它们。然而，有一点必须得承认，按主题分类的书籍也会受到规格大小的限制。如果某一主题下的所有书，从对开本到32开本都要放在一起，将大小不同的书放在同一个书架中会有巨大的空间浪费。而空间上的不合理安排很有可能令我们的图书管理系统瘫痪，这对经济支出和查阅便利度都会造成巨大损害。这三个条件实际上是互相联系的，尤其是最后两个。

即使在诸如此类的文章中，分类问题也不能完全被忽视。这个话题很容易展开，却不容易收尾——我不奢求所有人都会在这一问题上形成一致的意见和做法。一方面，我放弃了谈论那些伟大的公共图书馆，这个问题可以留给相关机构的专家来解决。而另一方面，分类对于小型私人图书馆就简单许多，甚至不值得一提。中等规模的图书馆，调查显示藏书量不是太大，有些会细分主题，有些则会限制繁杂的分类。一位机敏的朋友问我，对于一个专注于实用性、为读者服务的图书馆，应该如何将书籍按主题分类，然后大胆提出五个门类：（1）科学，（2）哲学，（3）艺术，（4）历史，（5）杂志和期刊。这种看似简单的分类引发了实际和理论上的难题。对于最后一项，期刊文献的数量正在快速增长，可能需要在内部进行更细化的分类。这种索引细目是有效的，但还不够完善。而且我担心期刊注定要承担很大的"自重"，这是一个铁路术语，与增重相对。其次，哲学类目的界限是最难以确定的。而科学类目包含的主题繁多，不得不进一步细化分类。这些不同的学科并不适合并肩摆放；科学学科肯定也包括艺术门类，但两者只是远房表亲，必须为之建立新的隔间。还有，我们应当如何看待"巨作"归类这一永恒的难题？但丁、彼得拉克、斯韦登伯格克、柯勒律治、卡莱尔，甚至还有一百多位？诗歌的位置在何处？我认为诗歌首先是一门艺术，但诗歌不同于绘画和其他"孪生姐妹"，因为后者更加依赖于物质形式。这些艺术形式因一种内在的深刻的本质紧密连接，并带给人美的感受和体验。

在批评各种分类方法的不足之处之外，还隐藏着一个更微妙的问题——图书馆的规划是否应该在某种程度上契合或象征建馆人的思想。就我自己而言，我承认在一定限度上更偏爱某些类目的书籍。我意识到，个人的喜好和憎恶会决定一本书摆放的位置。此外，对作者而言，这是否符合人道主义原则呢？我们不应该把他们的书放在他们理想的陈列位置吗？他们的生活状态就印在他们的作品中。他们经历的故事、他们的性情，永不褪色，随他们一起化为黄土。

令我忧虑的是，合理地分类和陈列书籍一定不是件易事。需要将各类"典籍"混合进某一主题，需要按尺寸分类，还需要考虑语种。大致上，我总结如下。为了保证图书馆的良好运转，需要将全部藏书按字母顺序编录。在这个目录下，尽可能多地保留类目的灵活性和整体性，因为每个精心编选的次分类都是一个灵活的整体，这使得图书馆逐渐成为一个有机体。除此之外，我希望把单独的个人作为细分类目：不仅是荷马、但丁、莎士比亚，还有约翰逊、司各特和伯恩斯，以及这个庞大而多样化的人类族群里的每一名思想者。

另外，经济支出也是一个非常重要的问题，购书人需要从必要性上考量入馆的藏书。美观的书柜成为一种风尚。因为现在的书籍本身并不需要任何装饰。它们本身就是一种装饰品。就像一些商店不需要装修一样，如果商店橱窗里陈列的商品品位上佳，没有人会过度关注店内的布局和装修。一个人与他的藏书之间有一条纽带，若他的书柜满是装饰物，他会失去这种亲密的联结，相反，书柜若和书脊一样朴实简洁，就能享受人与书之间的纽带。因此，这三个显而易见的有利条件将会在最大程度上优化图书馆的分类和规划：书籍的群集度，成本的最小值，取阅的简易度。

为了获取这些有利条件，有两个因素至关重要。首先，书架照例必须固定牢固；其次，所有或大部分书架应靠于墙面，书架延伸至房间尽头，并保持适宜的距离，书架纵深度应该是单行书本宽度的两倍，并应该保持并排，各自面朝过道。对于两排八开本，十二英寸是个不错而宽裕的纵深度。因此，这些书就像被扔到了摊位上，像一个马厩或一家老式咖啡店；但不是像书摊那样，因为随着时间的推移，书摊已经不是一个摊位了，只是将一些硬纸板堆平，并用书本盖住而已。

有一种不常用却久为人知的排列方法，就是通过直角来划分纵向空间。一个典型例子就是宏伟的剑桥大学三一学院图书馆，当初克里斯托弗·雷恩爵士就运用了这一排列方法。他将这些书架保持在适中高度，显然他考虑到了过高的书架需要长梯，这样取用图书会十分耗时。另一方面，墙壁的高处空间被浪费了。而在都柏林，万灵图书馆和其他许多图书馆的书柜都非常高，并且许多华丽的寓所也会饰以这样的书墙。或许可以搭建走廊来获取高处的书籍，但不能在整个房间里到处建上楼梯。我们要遵照馆藏最大化、空间最小化的原则，即使每个房间有一道走廊，高度也不应超过 16～18 英尺。不得不承认，若我们想在宽敞的房间里建起壮观而华美的书架，难免要牺牲成本支出和取阅简易度；反之亦然。

每列书架都应附上一个尾架（暂时缺少一个更好的称呼），也就是一个窄且轻的附加书架（由于书架窄所以重量轻），这样便于收纳，并使一条短边以及两条长边形成一个平行六面体，只呈现书架一侧的书籍，如线条穿梭在层层书架之间。

墙上只要没有窗户，书架之间的空白墙面也可以设置窄型书架。如果间隔的宽度是 2 英尺 6 英寸，那么可以给出靠墙放置的窄型书架大约 16 英寸的宽度。

在我看来，固定书架最能有效利用空间。我现在会好好阐述这个观点。如果书架是可移动的，即便没有任何支撑装置，每个书架也会为书柜增加自重。因此，必须用相当有分量的木材来建造，木料越重，占用的空间和所需的装饰就越多。当书架固定时，有助于将书柜的各部分固定在一起，而且丰富的经验告诉我，半英寸到四分之三英寸的书架，需要配上四分之三英寸到一英寸的立柱。除大型和重型对开本之外，可能只需要稍稍加厚一点，就可以满足所有尺寸的书籍。

我建议定期维护书架，并且已经给出了提出建议的理由，虽然我不知道是否会得到职权机构的批准。我提出了两个观点。首先，它要求拥有和管理图书馆的人都应该对其藏书的尺寸有一个精准的把握。其次，在某些地方摆放独立的可移动搁架是非常明智的；这样一来，我们会发现留出的余量足以应对尺寸计算中偶然出现的偏差。根据上述分析，我对自己提出的建议充满信心。

现在，我将向读者展示这种规划的实际效果，即如何使海量的藏书易于取阅。让每行书架宽三英尺，深十二英寸（足够放置两面八开本），高九英尺，从上层书架取书，只需借助一个两级台阶的木凳，高不超过二十英寸，并且只需单手即可轻松取用。我认为墙面可用空间为八英尺，三列书架，尾架只需要多加三英尺五英寸，而书架之间的窄板将紧贴墙壁。满足这些条件后，上述书柜可以收藏超过 2000 部八开本。

建立一间四十英尺长、二十英尺宽的图书室，并且要看上去像个房间而不是库房，同时在窗户附近留出部分空间便于阅读和学习，需要充足的照明，较低的中央书柜，以方便邻桌取用，从底层算起将收纳 18000～20000 本各种尺寸的藏书。如果增加一道走廊，将有更多的空间，并且房间高度不能超过 16 英尺。但是走廊不适合放置宽于八开本的书架，因为搬用和取阅会十分不便。

有一点是公认的，为了确保固定书架能够服务于压缩空间这一重要目的，必须在根据主题分类的规则下仔细考虑图书的尺寸问题。而对于大部分图书馆而言，尺寸的划分不会超过三种。大部分是八开本。这种尺寸已经越来越常见和经典，所以现在八开本的版本也被业内称为馆藏版。然后，应该有深一点的书架来储藏四开本和对开本，而对于八开本以下的小尺寸书册，可以适当分散放置到各个书架。

如果我们已经把取阅时间压缩到了最短，接下来要考虑的就是压缩成本了。我认为在一位绅士的宅邸中，负责安置藏书理应收费，最简单的方式就是一本书收一先令。事实或许并不如此，但我想这反映了我在伦敦的家中装书柜的花销，而且如果书架的规模很大，往往难以移动或拆除。下面我竭力想阐明的是，我后来采用的这种方法，每本书的花销不超过一便士。除去特殊情况，当书架上放满书籍时，几乎可以算出书柜的整体重量。由于间隔空间极小，通常落灰也很少。如果书柜与壁炉之间有一定距离，那么除了方便移动和清理的小块地毯外，就不需要大片的地毯了，并且如能定期认真进行清扫，则灰尘的影响小到可以忽略。

还有一点很重要，我们需要在利用移动书架优势的同时，规避其带来的问题和缺陷：或松弛，或紧绷，疲惫的手臂，疼痛的手指，破碎的指甲。然而，人们有理由问，当书架被固定、书本尺寸过大无法放置时，又该怎么办呢？我承认，这种问题一旦发生，是很难对付的。我也承认，任何一本书都不应该被肆意搬弄或硬塞在书架某处，它们应当被自由取阅和放还。我在此重申，我推荐的方法需要对书籍尺寸进行测量，以及精确把握各类尺寸的书籍所占馆藏的比例。所以事先必须考虑好书架间距，这需要长时间的精心测算。根据我的经验，这些知识可以通过适度的关注和实践来获取，并且这些知识会大大提升规划馆藏的便捷程度。与此相比，潜在的困难其实是微不足道的。需要注意的一点，我的建议包含了许多细节，并且来源于亲手照料书籍的经验，而非基于权威的调查和指示。对于一个真正爱书之人，只要一息尚存，怎么会放心将自己的藏书托付他人的书架呢？结果表明，通过这种方式可以将 1 万本书收藏在一个普通大小的房间内，并且所有书籍都在视线范围内，可以轻松取阅，与此同时保留一间寓所应有的构造。对比我熟悉的一些布局，我的方案甚至会更特别一些。这间房和以前一样，四十英尺长，二十英尺宽，每面墙有四扇窗户，光线充足；房间可以尽可能地高，但书柜的高度只有 9 英尺左右，因为所有需要双手搬运的重型梯子都会被管理员遗忘，而且不设置走廊。按照我的描述，可以在地面上搭建这样一个房间，而不是将一个房间变成一间仓库，这些书柜大约可以储藏 2 万本书。

然而，从整体上看，尤其是参考那些馆藏超过 2 万或 3 万册的图书馆，在极端情况下还要考虑日益迅猛的增长，例如（原址空间有限的）大英博物馆和牛津大学博德利图书馆。我所提到的这些方案，与原有的规划相比，是革命性的转变甚至逆转。

根据我所观察到的现实方案（暂定和初始的），我对自己的基本目标阐述如下。布满藏书的书柜依次排列，并且，为了随时可以按需取阅图书，需要将书柜安置在轮轴板上（必须是坚固的轮轴），根据情况随时移动。

这种情况下，人们不得不打消与书籍建立纽带的想法。即便如此，这也不是话题的终结。并不是所有的人或书都同样适合联结。就我而言，我发现自己对满墙的议会议事录很难感到亲近，还有那些（虽然相比之下好很多）《绅士杂志》《年录》《爱丁堡季刊》或者数量繁多的小册子。然而，这些书和其他类似的物件，都不同程度地为我们提供了一些可接受、有价值或不可或缺的信息。我可以毫无顾忌地说，这些书显然应该首先被选中去参加"图书馆葬礼"。这是一场葬礼，然而火化其实并非其既定目标。我用的词很可怕，事实也确实很残忍。把我们珍贵的老朋友藏在地下墓穴里，它们像箱子里的酒瓶一样：这个比喻是合理的，直到随着时间的流逝，这些货物被禁止流通。我们可以用亮丽的图案来装饰这些箱子，或者把它们视作大笔支出换来的纪念品。曾经心爱的这些物件现在是如此令人反感和苦恼，细细想来令人不由得发颤。

悲观地看，我的规划只能应对大型公共图书馆的问题。因为公共图书馆正在快速增长，同时私人图书馆正逐渐向公众开放。预计在很长一段时间内，私人图书馆不会出现严重的管理问题，绝大多数读者阅读的目的是休闲娱乐或自我提升。当人们有学习、研究和写作需求时，当人们开始探究每个分支的思想发展史时，合理规划和分类馆藏的重要性就会大大提升。例如国际象棋作为一门专业研究，涉及的面并不算广。我记得在几年前的《评论季刊》中有一则论断，国际象棋主题的图书馆可以囊括 1200 本书。我想起了已故的朋友阿尔弗雷德·丹尼森先生，他收集的关于垂钓的书足有两三千本。而在世的英国人里，也许阿克顿勋爵算得上是效率极高、记忆力超群的读者了，出于个人兴趣，他建立了一座馆藏超过 10 万册的私人图书馆。

毫无疑问，我上文所提及的"书籍墓地"的想法是很难实现的。这种方案适用于极端情况，例如那些早应被埋葬的书已经开始困扰现代人的阅读。但我们必须面对这个问题，并且这个问题可能比我设想的出现得更为频繁。在这座建筑里，艺术家需要的是图书管理员，而非仓库管理员。

如果真的有"书籍墓地"，那我们应当尽可能多地埋葬亡灵。被废弃的会在黑暗中悄然存续，一旦被需要，则会重见光明。如果有人问我如何才能最有效地落实这项任务，我的结论是，一个构造完整的公寓，近三分之二，或者说五分之三的空间，可以用来贮藏大量的书籍。英国几个世纪以来积累的藏书量是如此巨大，如果这一方案实行的话，我们可以节省大量的空间，使存储效率提升二至五倍，这样一来，就可以防止扩张的图书馆把人们压缩到海岸线边缘居住。

1601

论读书

解读书本对人的塑造之路

弗朗西斯·培根
Francis Bacon

——

有些书只需浅尝辄止,有些书囫囵吞下
便可。

弗朗西斯·培根（1561—1626）是文艺复兴时期的代表人物。他是一名哲学家、外交官、（几个选区的）议员，也是一名神秘主义者（可能与玫瑰十字会和共济会有联系）、科学家（他在1620年发表的文章《新工具论》中创立了科学研究方法），还是一名作家（甚至有部分人认为他是莎士比亚戏剧的真正作者）和律师。他还热衷于图书馆研究，并构建了一种三重——哲学、历史和诗歌——分类系统，每个类目下都有子分类。

培根也被广泛认为是世界上首位杰出的散文家，他的《论说文集》（1597）涵盖了从花园到勇气各类主题。在下面的这篇短文里，他巧妙地提出"阅读使一个男人充实"（当然女人也是一样）。

培根的职业生涯像是一列过山车——并未受到伊丽莎白一世的赏识，但他在继任的詹姆士一世执政期间仕途一片光明，直到他被贿赂的丑闻击垮，这也标志着他职业生涯的终点。在他的传记《短暂的生命》中，约翰·奥布里记录道，培根在一次把冰块装进鸡肚的实验中罹患肺炎后死亡。后来他被安葬在赫特福德郡圣奥尔本斯的圣米迦勒教堂，临近他的故乡戈尔汉布里。

读书予人雅趣，陶冶情致，增长才智。人们独居或归隐之时，最能体会读书的雅趣；高谈阔论之间，博览群书则能为辞令添彩；判识与谋略之际，则是躬行知识的最佳时机。世事练达而学识匮乏的人，虽能明辨细枝末节和操持尘垢秕糠，但高屋建瓴和统观全局的要务唯有博学善思之人才能胜任。

过度沉溺书卷引人怠惰，藻饰文辞则矫揉造作，而全凭学理判事则是学究劣根。学问能完善天资，实践又能践行学识。自然的草木尚需人工修剪，人之本性亦需学识的添补，而知识本身需以实践检验，否则会变得迂腐空泛。

狡猾之人轻视知识，浅薄之人惊服知识，聪慧之人却能利用知识。因为知识本身并不透露自身的用途，那是在书本之外且超越书本的智慧，全凭悉心观察才能寻获。读书不是为了巧言辩驳，也不是盲目信从，更不是为了寻找谈资，而是为了度情衡理。

有些书只需浅尝辄止，有些书囫囵吞下便可，有些书则需细嚼慢咽。换言之，有的书只需摘取选读，有的只需大体涉猎，有的却需要全神贯注、精细研读。有些书请人代读，或阅读摘要即可，但这仅限于内容或价值较次的作品，否则删节的书本犹如蒸馏水一样，寡淡无味。

读书使人充实，论辩使人机敏，写作使人严谨。如果一个人鲜少写作，他需要很强的记忆力；如果他不常辩论，则需要有过人才智；如果他很少阅读，就需要足够的狡黠来掩盖自己的无知。

读史使人明智，读诗使人灵秀，数学使人缜密，自然哲学使人深刻，伦理学使人庄重，逻辑学和修辞学使人善辩。凡有所学，皆成性格。此外，适当的阅读可以疏通心理的瘀滞，正如适当的运动能够疗愈身体的疾患。例如，滚球有益于肾脏，射箭有益于胸肺，散步有益于肠胃，骑术有益于头脑，等等。因此，如若一个人心神散乱，最好让他学习数学，因为在演算时定需全神贯注，注意力稍一分散，需得从头做起。如若一个人不善分辨，便让他去请教经院哲学家，因为他们的思想细针密缕。如若一个人心灵迟滞，不善推演，最好让他去研究律师的案件。所以每一种心理的瘀滞，皆有良药可医。

1919

论弃书

最大程度缩减你的藏书规模

约翰·科林斯·斯奎尔
J. C. Squire

—

它们并不像猫一样有许多条命，但总能
死里逃生。

约翰·科林斯·斯奎尔爵士是一名杂志编辑、诗人和记者，当今他最为人所知的并不是他主编的优秀刊物《新政治家》和文学杂志《伦敦水星》，而是他为一部经典的运动喜剧作品带来了灵感。斯奎尔（1884—1958）是 20 世纪早期乔治诗歌运动的代表人物，也是一个名为"斯奎尔王朝"团体的创办人，这是一个类似于布鲁姆伯利[1]的文人团体。在麦克道尔的讽刺戏剧《英格兰，他们的英格兰》（1933）中，斯奎尔饰演了一个板球队队长，绰号是"农夫威廉"。他的队员五花八门，他在一场关键的板球比赛中发挥了核心作用（并且在伊夫林·沃的《衰落与瓦解》中扮演了一个不那么讨喜的角色，"杰克·斯皮尔"）。剧中"农夫威廉"的球队灵感就来自斯奎尔创立的一支流动板球队——"废人队"，这支队伍目前仍在活跃中。

斯奎尔左右逢源。1922 年，他在《傲慢与偏见》的舞台剧中饰演埃伦·特里，两年后成为皇家迷你图书

---

1 布鲁姆伯利：英国爱德华时代末期的文人社交圈，成员包括伍尔夫、凯恩斯等。他们激进的女权主义、和平主义等现代观念深深地影响了文学、美学和经济的发展。

馆"玛丽女王的玩偶屋"的荣誉捐建者之一（他特意为此创作了一首十四行合唱诗）。"我没有你想的那么醉（I am not so think as you drunk I am）"这句话就出自他。斯奎尔还非常喜欢斯蒂尔顿奶酪，建议应当为其发明者建立一座公共纪念碑。

在下面的选文中，斯奎尔首先考量了一战期间给士兵赠书的价值，后又讨论了如何处理废书的问题。本文选自他在《新政治家》的幽默专栏《书海漫谈》，他曾在1919年以笔名所罗门·伊戈尔将其中一部分文章结集出版，包括《其他人的书》和《图书馆迁移》等。

报纸上说，民众已向军队提供了200多万册书刊。仔细想想这很有趣。毫无疑问，大多数书都是普通刊物和适合他们阅读的。但是前几天有人公开指出，有些人送来了些奇怪的书本，比如20年前的杂志、湖区游览指南，往年的布拉德肖和惠特克公司年历。某些情况下，人们会想，这种无用的书可能是偶然混入了包裹，但很可能是因为有些人想抓住机会处理他们不要的书。如果他们不想要这些书，还留着做什么？其实大多数人，尤其是不爱读书的人，非常不情愿丢弃任何看起来像书的东西。在文盲的房子里，他所购买的每一本毫无价值或命数短暂的书，都在书架上有自己的一席之地。实际上，仅仅因为垃圾是印刷品就保存垃圾是相当荒谬的，销毁垃圾绝对是公民的责任。销毁垃圾不仅为新书腾出了更多的空间，而且为日后的继承人省去了整理或存放垃圾的麻烦，这也可以防范后人犯蠢。可以肯定的是，如果我们不烧毁、埋掉或炸光所有布拉德肖的废书，两百年后一些收藏家将专门研究旧的铁路时间表，不遗余力地收藏完整的系列，并最终将他们那些（媒体口中的）"宝藏"留给公共机构。但销毁书籍并不是那么容易的。可能它们并不像猫一样有许多条命，但总能死里逃生，并且很难为它们找到一副绞架。这种困扰曾经几乎让我陷入"绳索的阴影"之中。我生活在切尔西"高耸入云（如莎士比亚所说的）"的小公寓里，一些末流的诗集逐渐累积，直到最后我发现自己要么就把它们全部丢弃，要么就得让他们独享房间，我自己另寻住处。现在，没有人还会买这些书了。因此，我不得不通通扔掉或销毁。但是要怎样扔呢？数量实在太多了。我没有厨房，无法将它们放在燃气灶或小火炉里一片片焚烧——因为如果不打开来一页页烧，几乎是不可能的，就和烧一块花岗岩差不多。我没有垃圾桶，书的尘屑会通过楼梯后面的烟道，落在街边的门廊上。这样做的难处在于，较大的书可能会堵塞烟道，事实上，政府已经标明了只允许"灰尘和灰烬"通过。无论如何，我不想留着这些书了，万一哪个不幸的清洁工误将这些碎片认作真正的英语诗歌。最后我决定效仿许多人处理流浪猫的方法：将它们绑起来随河流漂走。我找来一个麻袋，把书塞进去，扛在肩膀上，走下楼梯，隐入黑夜。

我上街时已临近午夜。冷风有些刺骨，天空中满是星星，黄绿色的街灯在平整而坚硬的路上投射出长长的光线。四周没什么人。在街角的树下，一个健壮的哨兵向他的姑娘道了一声晚安，孤零零的旅行者的脚步声四处回响，他们穿过桥走回巴特西的住处。我竖起大衣衣领，稳稳地扛着肩上的麻袋，然后朝着咖啡摊小小的方形灯牌大步走去。咖啡摊在桥的尽头，在漆黑的天色里隐隐可见巨大的铁梁。走过几户人家，我遇见一个警察，他把提灯朝地下室的窗户上砸。他转过身来。我觉得他看起来很可疑，有些微微颤抖。我突然想："或许他会怀疑我的麻袋里都是赃物。"我并没有惊慌，因为我知道自己经得起调查，而且没有人会去偷我的这袋旧书（尽管这些都是初版书）。然而，面对警察怀疑的目光，我难免有一丝不安，就像被人抓住鬼鬼祟祟的行径，虽然不是什么谋财害命的勾当。当然，最后他放我走了，并且，我尽力放慢脚步，不显得行色匆匆，直到我抵达堤岸。

那时，我所有举动的含义都清晰呈现。我靠在栏杆上，低头看着河道里微弱的水涡。突然，我听到有人向我走近。我下意识地从岸边跳开，努力营造出一种自然而然、无所事事的氛围。行人从我身边经过，没人注意我。我是一个流浪汉，还有别的事情要考虑；我咒骂了自己一句，又停了下来。"现在是时候了。"我想。正当我准备把我的书扔进河里时，我又听到了脚步声——缓慢而低沉的脚步声。接着我脑中闪过一个可怕的念头："要是水花溅起来怎么办？"一名男子在午夜靠在堤岸边，他的手臂一挥，河里水花四溅。理所当然地，无论谁（而且似乎总有人在附近）看到或听到都会立刻冲过来并抓住我。他们很可能会认为我扔下了一个婴儿。我还得向一位伦敦警察仔细交代，告诉他我独自在寒冷的深夜跑到河边来扔一堆诗集？我几乎可以听到他冷漠的嘲笑："谁信你这一套，臭小子！"

所以，我不知道徘徊了多久，越来越害怕被人看见，索性鼓起勇气最后冒一次险。最后我做到了。在切尔西桥中间有一些凸出的圆形部分，里面有座位。在又一次痛苦的决定后，我离开堤岸，直接赶到其中第一处这样的地方。抵达后，我跪在座位上。看着河面，又犹豫了一下。这已经是最后的转折关头。"什么！"我气馁地想，"你在朋友面前表现得那么坚决，其实是个胆小犹豫的懦夫吗？如果你现在失败了，就永不能抬起头来。说到底，就算因此被绞死又怎么样呢？天哪！你个蝼蚁，多少比你好的人都上了绞刑架！"凭着最后一丝绝望的勇气，我动手了。麻袋落进河里。水花四处飞溅，然后一切恢复平静。没有人来。我转身回家。当我走在路上，心中有点遗憾，想到那些书就这么落入一条古老的河流，慢慢穿过漆黑的河水，最后沉入河底的淤泥，孤苦凄凉，就这样被人遗忘，而外面的世界，人们依旧过着无意识的生活。

它们是可憎的坏书，也是可怜的无辜的书，在河底沉沉睡去。也许那些书，这时候正被泥土覆盖着，只剩一根麻袋的布条，从泥浆中冒出，随浑浊的潮水流走。黛安娜的颂歌，埃塞尔的十四行诗，兰斯洛特的爱情戏剧，初见威尼斯的诗歌，沉睡在河底，虽生犹死，你们的命运比天定的更悲惨。我对你们太残酷了。我对自己的行为感到抱歉。即使我留下你们，我也一定会这样说：我绝不该把你们送到军队里。

图书在版编目（CIP）数据

一个人的世界在书架上 /（英）亚历克斯·约翰逊著；
胡韵娇译. -- 北京 : 北京联合出版公司，2022.1（2022.10重印）

ISBN 978-7-5596-3864-9

Ⅰ. ①一… Ⅱ. ①亚… ②胡… Ⅲ. ①文学评论－世
界－文集 Ⅳ. ①I106-53

中国版本图书馆CIP数据核字（2019）第295648号

First published 2018 by
The British Library
96 Euston Road
London NW1 2DB
Copyright© 2018 Alex Johnson

一个人的世界在书架上

作　　者：[英] 亚历克斯·约翰逊（Alex Johnson）
译　　者：胡韵娇
出 品 人：赵红仕
出版监制：刘　凯　赵鑫玮
选题策划：联合低音
特约编辑：李　欣
责任编辑：高霁月
装帧设计：黄　婷

关注联合低音

北京联合出版公司出版
（北京市西城区德外大街83号楼9层　100088）
北京联合天畅文化传播公司发行
北京美图印务有限公司印刷　新华书店经销
字数100千字　787毫米 × 1092毫米　1/32　6印张
2022年1月第1版　2022年10月第3次印刷
ISBN 978-7-5596-3864-9
定价：49.80元